Hitchcocks Gruselkabinett
Die Insel der Stimmen

Franckh'sche Verlagshandlung
Stuttgart

Aus dem Amerikanischen übertragen von Leonore Puschert, bis auf die überarbeitete Erzählung »Peycrafts Kur« von H. G. Wells, die von Gertrud J. Klett übersetzt wurde. Diese Geschichte wurde mit freundlicher Genehmigung des Paul Zsolnay Verlages, Wien und Hamburg, aufgenommen.
Titel der Originalausgabe: »Alfred Hitchcock's Ghostly Gallery«, Random House, Inc., New York, ISBN 0-394-81226-3)
Für die amerikanische Auswahl:

Der Verlag dankt Random House sowie folgenden Verlagen, Agenturen und Autoren für die Erteilung der Rechte:
Brandt & Brandt in New York für »Miss Emmeline Takes Off« von Walter Brooks; A. P. Watt & Son (the Executors of the Estate of the late H. G. Wells) in London für »The Truth about Peycraft« von H. G. Wells und »The Valley of the Beasts« von Algernon Blackwood; J. S. F. Burrage in Bromley (Großbritannien) für »The Waxwork« von A. M. Burrage.

Schutzumschlag von Aiga Rasch

CIP-Kurztitelaufnahme der Deutschen Bibliothek

Die Insel der Stimmen / [aus d. Amerikan. übertr. von Leonore Puschert]. – 4. Aufl. – Stuttgart : Franckh, 1984.
(Hitchcocks Gruselkabinett)
ISBN 3-440-05212-5

4. Auflage / 51.–65. Tausend
Franckh'sche Verlagshandlung, W. Keller & Co., Stuttgart / 1984

ISBN 3-440-05212-5 / L 9sp H cs
Satz: Fotosatz Schönthaler, Ludwigsburg

Hitchcocks Gruselkabinett

DIE INSEL DER STIMMEN

Vorwort

Guten Abend und willkommen zur Lektüre von Alfred Hitchcocks neuestem Gruselkabinett!
Obwohl Fernsehen und Film sich für mich als recht einträglich erwiesen, freue ich mich immer wieder, wenn es mir gelingt, junge Leser mit einem Buch vom Fernseh- oder Kinosessel wegzulotsen – wobei ich freilich für diese meine Sammlung mehr oder weniger haarsträubender Geschichten durchaus eine ebenso bequeme Sitzgelegenheit empfehle, denn erst die macht das Lesen und das Gruseln so richtig gemütlich. Ein technischer Bastler und Witzbold schlug mir unlängst vor, mit jedem Buchexemplar eine Tonbandkassette zu liefern, zur Untermalung der Lektüre mit diversen einschlägigen Lauten, als da sind: Schreie, Stöhnen, Seufzen, Kettengerassel und Knochengeklapper. Doch ich glaube, der Störeffekt für die nicht-lesende Umwelt wäre wohl doch zu groß... Nein, ich spreche mich fürs Lesen nach alter Sitte aus, im Stillen.
Trotz der eindeutigen Absicht, meinen Lesern spannende Unterhaltung zu bieten, will ich nicht verhehlen, daß manche meiner Geister wirklich furchterregend sind. Doch ich möchte an dieser Stelle auch einmal ein gutes Wort für die Urheber solcher Ängste einlegen. Gespenster führen beileibe kein unbeschwertes und glückliches Dasein. Meist müssen sie an finsteren, muffigen Orten hausen und haben keinerlei Umgang mit Menschen (kein Wunder, denn wer meidet nicht Plätze, an denen es spukt?). Und die Einsamkeit bringt sie dann auf dumme, böse Gedanken, ließe sich daraus folgern. Sie lechzen geradezu danach, beachtet zu werden! Also bitte ich hiermit für die versammelten Spukgestalten dieses Buches um Ver-

ständnis und – soweit es meiner Leserschaft möglich ist – um geneigte Zuwendung.

Alfred Hitchcock

Miss Emmelines Höhenflüge

Walter Brooks

Als das alte Haus der Valiants am See völlig verschuldet verkauft wurde, zog Miss Emmeline Valiant zu Mrs. Purdy. Sie nahm nur sehr wenig mit sich: ihren Kater Thomas und ihre Ahnenbilder. Der restliche Hausrat wurde an Mr. Maule, der das Haus erworben hatte, verkauft.
Mr. Maule bot eine Pauschalsumme für alles zusammen. Es war kein üppiges Angebot, obgleich es ausführliche Beteuerungen des Mitgefühls und der Achtung enthielt. In einem Nachsatz enthüllte Mr. Maule sein Bedauern darüber, daß er kein reicher Mann sei und nicht mehr bieten könne. Miss Emmeline gab zur Antwort, sie sehe keinerlei Zusammenhang zwischen seiner finanziellen Lage und dem Wert des Besitzes, und im übrigen sei Heuchelei weder über Gefühl noch über Geld angebracht, da es ihr einziger Wunsch sei, die Angelegenheit hinter sich zu bringen. Gäbe er ihr einen Scheck, so sei die Sache erledigt. Also schrieb er den Scheck aus.
Hinterher hatte er noch etliches über Undank, Stolz und Eigensinn zu nörgeln, aber darum kümmerte sich kaum noch jemand. Denn alle im Dorf wußten, daß Miss Emmeline ihm das Haus mehrmals zuvor zu einem angemessenen Preis angeboten und er jedesmal abgelehnt hatte, weil er es lieber billig bei einem Notverkauf erstehen wollte. Und tatsächlich munkelte man, sein Einfluß habe nun einen Verkauf beschleunigt. Freilich wagte niemand, dies Mr. Maule ins Gesicht zu sagen. Obwohl er sich selbst nicht mehr als Geschäftsmann betätigte, war er wohlhabend und einflußreich. Er hatte der Gemeinde einen Park gestiftet, und man wußte, daß er ein recht geselliges Leben zu führen gedachte, was dem ortsansässigen Gewerbe wie auch den Mitbürgern, die gern auf Parties gehen, sehr

zugute kommen würde. Auch war das alte Valiant'sche Haus selbst so stark von Tradition umwoben, daß nach allgemeiner Auffassung jeder Bewohner allein aus diesem Grund Respekt verdiente.

Zu Beginn dieser Geschichte ist es also Abend, und Mr. Maule sitzt voll Schadenfreude im Valiant'schen Haus. Miss Emmeline sitzt in ihrem Zimmer bei Mrs. Purdy, streichelt ihren Kater Thomas und überlegt, wovon sie leben wird, wenn das Geld von Mr. Maules Scheck aufgezehrt ist. Die Valiants gehörten zu jenen ersten Familien, die von der Ostküste aus in langsamem Vordringen gen Westen das Land besiedelten.

Es war kein stetiger Zug. Die Siedler bewegten sich, Heuhüpfern gleich, in aufeinanderfolgenden Sprüngen. Manchmal rückten sie innerhalb einer Generation um mehrere Etappen vor, und manchmal verstrich zwischen zwei Sprüngen ein Jahrhundert. Die Valiants waren Jahrhundert-Hüpfer. Irgendwann im 17. Jahrhundert gingen sie in Massachusetts an Land, irgendwann im 18. Jahrhundert waren sie dann nach Connecticut gesprungen und 1810 in den Staat New York. Ein Großonkel war nach Ohio weitergehüpft und verschollen, aber die übrige Sippe war nicht mehr gewichen; sie hatten in dem alten Haus am See gelebt und waren dort gestorben. Alle, bis auf Miss Emmeline, und da saß sie nun und bedachte ruhmreiche Vergangenheit und ungewisse Zukunft.

Mit einem Mal sprang Miss Emmeline auf und sagte »Oh!«. Denn plötzlich war ihr eingefallen, daß sie in all der Wirrnis und Trauer beim Abschied von dem Haus, das ihr Leben lang ihre Heimat gewesen war, etwas mitzunehmen vergessen hatte – etwas, das ihr mehr bedeutete als die Bilder und selbst der Kater Thomas. Sie hatte die eigenartige, niedrige kleine Truhe vergessen, angeblich aus dem Besitz einer Ahnfrau, derentwegen einer der Hexenprozesse in Neuengland geführt worden war.

Nun gilt nach dem in Neuengland angelegten Wertmaßstab für Abstammung eine Hexe ebenso viel wie ein Adelstitel.

Ein Richter ist mehr als ein Minister, und ein Gouverneur ist mehr als ein Richter, aber eine Ahnfrau, die wirklich und wahrhaftig wegen Hexerei gehenkt wurde, ist ein seltenes und glitzerndes Familienjuwel. Also steckte Miss Emmeline ein reines Taschentuch ein, setzte ihren Hut auf und stattete Mr. Maule einen Besuch ab.

Mr. Maule war über ihr Kommen entzückt, denn er meinte, es gebe ihm Anlaß zu jenen förmlichen altenglischen Höflichkeitsbeweisen, die er in seiner neuen Umgebung für angemessen hielt. Doch Miss Emmeline schnitt ihm seine gelackten Albernheiten glatt ab, um zur Sache zu kommen. Sie hatte die Truhe vergessen. Würde er ihr gestatten, sie abholen zu lassen?

Vermutlich legte Mr. Maule keinen gesteigerten Wert auf die Truhe, aber als ihm aufging, daß Miss Emmeline ihm letztlich einen reinen Zweckbesuch abstattete, ärgerte ihn dies, und er sagte nein. Die Truhe gehöre zum Hausrat, wofür er bezahlt habe, meinte er. Und Geschäft sei schließlich Geschäft, meinte er.

»Werden Sie mir dann erlauben, sie Ihnen wieder abzukaufen?« fragte Miss Emmeline.

Wieder sagte er nein, und noch während er hartnäckig seine Ansicht vertrat, verneigte Miss Emmeline sich steif und verließ das Haus.

Miss Emmeline war ganz außer sich. Es hatte sie aufgeregt, ihr eigenes Haus wieder zu betreten und all die vertrauten Dinge um sich zu sehen und sich darüber klar zu sein, daß sie dort keinerlei Anrechte mehr hatte. Es hatte sie erbost, stärker als je zuvor spüren zu müssen, daß Mr. Maule nicht vom Schlage derer war, denen sie diese Dinge gern gegönnt hätte. Und es raubte ihr vollends die Fassung, als ihr bewußt wurde, daß ihr der am meisten gehütete Schatz aus ihrem Erbe aus eigener Unachtsamkeit durch die Finger geschlüpft war.

Doch noch mußte etwas zu retten sein. An diesem Abend

saß sie in ihrem Zimmer bei Mrs. Purdy und schaute zum Fenster hinaus. Diesen Raum hatte sie gewählt, denn von dort aus überblickte sie den See und das alte Haus der Valiants, wie es fest und massiv mitten in seinem Garten auf der kleinen Klippenhöhe über dem Wasser stand. Sie saß da mit ihrem Kater Thomas auf dem Schoß und schaute hinaus, doch sie konnte nicht viel sehen, weil der Mond erst später aufgehen würde. Aber die Lichter im Hause Valiant konnte sie sehen, und als das letzte ausging, wartete sie noch eine halbe Stunde, dann setzte sie ihren Hut auf und ging leise die Treppe hinunter.

Auf der Straße begegnete ihr niemand. Sie trat durch das seitliche Gartentor ein und ging über den Rasen zur Hintertür. Diese würde verschlossen sein, aber das Schloß kannte sie. Wenn man sachte daran rüttelte, sprang der Riegel zurück. Sie hatte es nie reparieren lassen, weil es so praktisch war, wenn sie sich versehentlich einmal aussperrte. Die Schuhe in der Hand, ging sie lautlos durch Speisezimmer und Diele, dann die Treppe hinauf an einer Tür vorbei, hinter welcher ein ausgesprochen vulgäres Schnarchen zu hören war, schließlich die Bodentreppe hinauf.

Auf dem Dachboden war es heller, denn eine schrägstehende Mondsichel war über den Bergen am anderen Seeufer aufgegangen. Der solide alte Fußboden knarrte nicht ein einziges Mal, als sie durch den Raum schlich und vorsichtig das Fenster an der Hinterseite öffnete, unter dem die Truhe stand. Sie war recht klein – etwa vom Ausmaß eines mittelgroßen Reisekoffers – und würde sich leicht die Treppe hinuntertragen lassen. Aber Miss Emmeline fand es sicherer, sie mit Hilfe der danebenliegenden Rolle Wäscheleine aus dem Fenster herabzulassen.

Doch eines war noch zu tun. Der Dachboden war seit dem vergangenen Herbst nicht mehr geputzt worden. Wenn man nicht im Staub auf dem Boden ihre Fußspuren entdecken sollte, mußte sie sie vor dem Weggehen verwischen. Aus einer

Ecke gegenüber holte sie einen Besen – ein altes handgefertigtes Ding, ein um das Ende eines kurzen Stiels gebundenes Reisigbüschel –, der vermutlich älter war als das Haus.
Aber als sie die Truhe aufhob, um sie über den Fenstersims zu kippen, klapperte es drinnen. Sie hatte die Truhe für leer gehalten – obwohl sie sich nicht erinnern konnte, sie jemals geöffnet zu haben. Sie war immer »die Truhe« gewesen – so kostbar, daß sie außer der Familie nie jemand zu Gesicht bekommen hatte. Immer war sie am selben Platz unter dem Dachfenster verwahrt worden. Miss Emmeline hatte sie zur Pflege der Lederbespannung einmal im Jahr eingeölt, aber nur von außen.
Die Verschlußspange war festgerostet, aber sie bekam sie auf. Das Ding, das geklappert hatte, war ein flacher Metalltiegel mit Deckel, und sie konnte feststellen, daß er eine Art Salbe mit bitterem, aber nicht unangenehmem Arzneigeruch enthielt. Sie steckte ihn in ihre Jackentasche, aber beim Schließen der Truhe holte sie sich an der Spange einen tiefen Riß im Handgelenk. Der Riß blutete ein wenig, und ohne langes Überlegen zog sie den Tiegel wieder hervor, strich etwas von der Salbe auf und rieb es ein. Sie hatte nämlich schon als Kind gelernt, kleine Schnitte und Schürfwunden immer dick mit irgendwelcher Salbe, die gerade zur Hand war, zu bestreichen.
Als sie aber den Tiegel wieder in die Tasche steckte, glitt er ihr aus der Hand und fiel scheppernd auf den Holzboden. Rasch hob sie ihn auf und stand dann lauschend still. Sie wußte, daß Mr. Maules Dienerschaft die Räume unmittelbar unter ihr bewohnen mußte. Kurze Zeit dachte sie, es hätte niemand etwas gehört. Dann waren unten unbestimmte Geräusche zu hören, und eine Stimme rief etwas. Miss Emmeline wußte, daß sie in der Falle saß. Mit der instinktiven Regung, sich die Treppe freizuhalten, ergriff sie den Besen, aber ehe sie merkte, wie töricht das war, passierte etwas anderes.
Das Prickeln im Handgelenk, das sie gleich beim Auftragen der Salbe gespürt hatte, schoß ihr jäh den Arm hoch und

breitete sich im ganzen Körper aus. Sie fühlte sich seltsam benommen und fragte sich, ob sie gleich ohnmächtig werden würde. Der Besen, auf den sie sich zu stützen versuchte, benahm sich höchst unerklärlich, denn er zuckte heftig in ihren Händen und schien sie zum Fenster zu ziehen. Und dann, als sie ihn fester packte, spürte sie, wie ihre Füße vom Boden abhoben; sie schleiften über den Fenstersims, und Miss Emmeline bewegte sich zwanzig Fuß über dem Garten schnell durch die Luft. Den Besenstiel hielt sie fest umklammert, und sie merkte, daß sie rasch ostwärts flog, auf den aufgehenden Mond zu.

Du liebe Zeit, das ist aber sonderbar, dachte Miss Emmeline. In der Tat war es eine ungewohnte Erfahrung und hätte sie sehr verstört, wenn sie Zeit zum Nachdenken gehabt hätte. Aber die hatte sie freilich nicht. Im Augenblick war es für sie am beklemmendsten, wie sie es schaffen sollte, nicht herunterzufallen. Sie ritt im Damensitz, und das gab ihr irgendwie Sicherheit, aber sie hatte kein Gefühl für ihre eigene Schwere oder für das Sitzen auf etwas. Der Auftrieb kam aus ihr selbst, und der Besenstiel diente ihr, wie sie sehr bald entdeckte, nur zum Lenken; überließ sie ihn sich selbst, so steuerte er allerdings zielstrebig nach Osten.

Dann drängte sich ihr eine beunruhigende Vorstellung auf. Wohin zog es eigentlich einen Besenstiel? Miss Emmeline war nicht dumm, und es war ihr völlig klar, daß sie zufällig auf die Berufsgeheimnisse jener Ahnfrau gestoßen war, die – durchaus zu Recht – als Hexe gehenkt worden war. Die Paste war unzweifelhaft jene berüchtigte Salbe, womit sich die Hexen vor der Sabbat-Reise einrieben. Dann wollte also der Besenstiel zum Sabbat? Obwohl dies in Neuengland ein guter alter Brauch war, stand Miss Emmeline der Sinn nicht sehr nach jener eher rauhen Belustigung, die nach ihrer Kenntnis dort geboten wurde. Sie riß den Besenstiel herum und steuerte nach Norden, den See entlang. Sie glitt dicht über dem dunklen Wasser dahin, stieg dann höher und kreiste nach einer Kehrtwendung über dem Dorf. *Liebe Güte,* dachte sie, *das macht ja richtig Spaß.* Aber es war spät, und die Luft wurde kühl. *Und außerdem,* dachte sie, *ist dieses Herumfliegen recht vergnüglich, aber das Wichtige ist die Truhe, und die habe ich noch nicht. Ich muß mir etwas anderes einfallen lassen.* Sie flog die Hauptstraße entlang und umkreiste dreimal den Turm der Presbyterianer-Kirche. Nachdem sie sich vergewissert hatte, daß niemand in Sicht war, sauste sie herab und landete in Mrs. Purdys Vorgarten. Den Besen unter dem Arm, trat sie leise ins Haus und ging auf ihr Zimmer. Erst als sie endlich im Bett war, fiel ihr ein, daß sie ihre Schuhe auf dem Dachboden vergessen hatte.

Und dann brachte Miss Emmeline den ganzen folgenden Vormittag in der Gemeindebücherei zu und las in Büchern über Hexen nach. Soviel sie daraus entnehmen konnte, hatten sie mit ihren Taten nicht unbedingt zu überzeugen vermocht. Sie hatten zwar behauptet, sie könnten den Kühen die Milch versiegen und Unwetter aufziehen und Kinder Krämpfe bekommen lassen. Aber dann, selbst wenn sie gestanden, schien der Beweis schwerzuhalten, daß sie überhaupt etwas vermochten. Sie formten auch Wachsfigürchen ihrer Feinde und stachen Nadeln in die Körperteile, die von Krankheit befallen werden sollten. Doch Miss Emmeline gelang es nicht, in den wenigen verfügbaren Berichten irgendeine Erwähnung dieser Prozedur zu finden, und im übrigen war ihr nicht klar, zu welchem Zweck sie solche Fähigkeiten anwenden sollte. Denn Mr. Maule hatte weder Kühe noch Kinder, und wenn sie ein Unwetter aufziehen ließ, würde er einfach die Fenster schließen. *Und überhaupt,* dachte sie, *will ich ihm ja nichts zuleide tun. Ich will nur meine Truhe haben. Und meine Schuhe,* kam es ihr noch. Denn der Verlust eines Paares Schuhe war doch immerhin schwerwiegend.

Nun, Miss Emmeline überlegte heftig, aber es fiel ihr kein Plan ein, und sie fand, daß es zwar unterhaltsam sei, eine Hexe zu sein, aber wenig praktischen Wert habe.

Auf dem Heimweg von der Bücherei traf sie ihre alte Freundin, Mrs. Courtney Bishop. Mrs. Bishop war ungehobelt und selbstherrlich, aber nicht Miss Emmeline gegenüber, denn die mochte sie sehr gern. Als Mädchen waren sie zusammen zur Schule gegangen, und ihre Freundschaft hatte erstaunlicherweise den immer ausgeprägteren Unterschied in beider Besitzstand überdauert, denn die Bishops waren so rasch reich geworden, wie die Valiants verarmt waren. Vielleicht kam gerade das ihrer Freundschaft zugute: daß Miss Emmeline Mrs. Bishops häufige Angebote, ihr zu helfen, immer abgelehnt hatte.
Miss Emmeline erfuhr von Mrs. Bishop, daß es bei Mr. Maule eine nächtliche Ruhestörung gegeben hatte. Auf dem Dachboden waren Geräusche zu hören gewesen, und man hatte die Schuhe und das offene Fenster entdeckt, doch eine Erklärung erschien ganz unmöglich, denn es war niemand dort gewesen, und das Fenster lag zwanzig Fuß über dem Boden. Mr. Maule tat die Sache mit einem verächtlichen »Pah« ab, aber das Hauspersonal war erschrocken, und wie nicht anders zu erwarten, versicherte die Köchin, sie habe ein großes schwarzes Wesen aus dem Fenster über den See fliegen sehen.
Miss Emmeline lächelte nicht, aber ihr Mund zuckte leicht, und Mrs. Bishop sah sie scharf an und sagte: »Du weißt etwas davon, Emmeline.« Miss Emmeline, die stets die reine Wahrheit sagte, erwiderte: »Ja.« Sie runzelte die Stirn, und nach einem Augenblick des Zögerns sagte sie: »Ich glaube, ich sollte es dir lieber erzählen.« »Nun, dann kommst du am besten heute zum Abendessen«, sagte Mrs. Bishop. »Aber wenn du vorher zur Versammlung des Frauenvereins willst, müssen wir uns jetzt sputen, sonst kommen wir zu spät.« »Ach ja, der Frauenverein«, sagte Miss Emmeline. »Den hatte ich vergessen.«
»Den Frauenverein vergessen?« fragte Mrs. Bishop mit hochgezogenen Augenbrauen.
Und Miss Emmeline sagte: »Ja, und ich – ich meine, ich sollte lieber nicht hingehen.«

Mrs. Bishop hob die Brauen noch ein wenig höher, aber sie sagte nur: »Na, dann bis zum Essen um sieben«, und ging weiter.
Beim Essen war von Mr. Maule nicht die Rede, aber hinterher, als das Kaffeegeschirr abgeräumt war und sie allein in dem geräumigen Wohnzimmer saßen, aus dessen großen Fenstern man im Osten den See und im Norden den Valiant'schen Garten überblickte, erzählte Miss Emmeline ganz schlicht, was sich zugetragen hatte. Im Verlauf der Geschichte machte Mrs. Bishop immer größere Augen, und dann machte sie noch den Mund auf und beugte sich auf ihrem Stuhl vor. Aber als Miss Emmeline zu der Stelle kam, wo sie auf dem Besen aus dem Fenster geflogen war, schlug sie mit der Hand heftig auf die Armlehne und sagte »Halt!«. Da hielt Miss Emmeline inne.
»Wo gehst du denn hin?« fragte Mrs. Bishop, als Miss Emmeline aufstand.
»Nur in die Diele. Ich habe etwas mitgebracht und möchte es holen«, sagte Miss Emmeline. »Ich dachte mir nämlich schon, du würdest mich für verrückt halten.« Und gleich darauf kam sie wieder und packte etwas aus einer dunklen Tischdecke, und es war ihr Besen.
»Ach, so ein Ding haben wir auch«, sagte Mrs. Bishop. »Und darauf bist du also – hm – geflogen?«
»Du kannst meinetwegen nur vorgeben, daß du mir glaubst, Letty«, sagte Miss Emmeline, »aber zur Tür brauchst du dich nicht zu schleichen, denn ich versichere dir, ich bin ganz harmlos. Und wenn meine Vorführung mißlingt, rufe ich selbst Doktor Blessing an und bitte ihn her. Das hier ist die Salbe«, sagte sie und hielt den Tiegel hoch, und Mrs. Bishop schnüffelte und sagte: »Puh!«
Da zog Miss Emmeline die Jalousie hoch, die vor dem offenen Fenster hing, rieb sich das Handgelenk mit ein wenig Salbe ein und nahm ihren Besen in beide Hände. Und dann erhob sie sich mit gemächlicher und recht würdevoller Bewegung

über den Fußboden und segelte zum Fenster hinaus. Mrs. Bishop fiel in Ohnmacht.

Nach ein paar Minuten kam Mrs. Bishop wieder zu sich. Sie stöhnte ein wenig, doch niemand antwortete, und da setzte sie sich auf und sah sich um, und dann lief sie zum Fenster. Es war ganz finster, aber im Hause Valiant waren viele Fenster erleuchtet, und in deren Lichtschein sah sie etwas Großes, Schwarzes um die Ecke der Veranda flitzen. Eine Minute später kam es knapp meterhoch über dem Rasen zurück, und sie sah, daß es Miss Emmeline war, die im Vorüberfliegen ihr Taschentuch schwenkte. Mrs. Bishop dachte, sie würde gleich noch einmal ohnmächtig werden. Dann entschied sie, ein Glas Limonade wäre besser. Sie holte es sich aus dem Eßzimmer, und während sie daran nippte, kam Miss Emmeline zum Fenster hereingeflogen, stellte ihren Besen in die Ecke und setzte sich wieder hin. »Na«, sagte sie, »glaubst du mir jetzt?«

»Nein«, sagte Mrs. Bishop, »und ich vermute, daß es eine Art Hypnose ist, und ich möchte dich bitten, es künftig bleiben zu lassen.«

»Dann meine ich, du solltest es mal selbst versuchen«, sagte Miss Emmeline und reichte die Salbe herüber. Und Mrs. Bishop sagte, das käme überhaupt nicht in Frage, aber Miss Emmeline wandte ein, wenn sie ohnehin nicht daran glaube, könne sie es ja ohne Gefahr probieren. Sie sagte: »Wenn es bei dir nicht wirkt, dann glaube ich auch, daß das Ganze etwas mit einem Hypnosetrick zu tun hat, und dann verspreche ich dir auch, es nicht wieder zu tun.«

Damit war Mrs. Bishop schließlich einverstanden, und obgleich sie recht beleibt war, hob sie sich so leicht wie eine Feder vom Boden und schwebte zum Fenster hinaus.

Nach etwa zehn Minuten war ein Schrei zu hören und darauf großer Radau und lautes Rufen aus dem Valiant'schen Garten, aber als Miss Emmeline erschrocken aufsprang, kam Mrs. Bishop zum Fenster herein. Sie wirkte leicht erhitzt, und als

sie sich hinsetzte, sagte sie: »Also, Emmeline, du hast tatsächlich recht, und ich muß sagen, es macht großen Spaß, aber irgendwas ging schief. Gewaltig schief.«
Da fragte Miss Emmeline, was passiert sei, und Mrs. Bishop sagte, sie habe auf dem Rückweg gewisse Schwierigkeiten mit der Steuerung gehabt. Sie habe vorher nicht gewußt, daß man bei Druck auf den Stiel schwungvoll zu Boden sause. Unglückseligerweise sei sie im ungeeignetsten Augenblick heruntergesaust und habe so dicht zwischen Mr. Maule und dem Dienstmädchen, das ihm gerade den Kaffee auf die Terrasse brachte, aufgesetzt, daß sie beiden einen irrsinnigen Schrecken eingejagt habe.
»Aber ich glaube nicht, daß sie mich erkannt haben«, sagte sie.
»Und wenn schon, tut das gar nichts«, sagte Miss Emmeline, »weil sie ja ihren eigenen Augen nicht trauen könnten.«
»Schön und gut«, sagte Mrs. Bishop, »aber früher oder später wird dich jemand sehen, Emmeline, und auch wenn du mit siebzig alt genug bist, um zu wissen, was du tust, wird es Klatsch geben, wenn du dauernd auf einem Besenstiel über Land fliegst. Ich weiß wirklich nicht, was dein lieber Vater dazu gesagt hätte.«
»Ich auch nicht«, sagte Miss Emmeline, »und es ist mir egal. Ich hatte eigentlich gehofft«, meinte sie, »daß wir beide uns an diesen warmen Sommerabenden damit ganz angenehm die Zeit vertreiben könnten, Letty. Es macht viel mehr Spaß, wenn man mit jemand darüber reden kann. Freilich, wenn du so anders darüber denkst...«
»Du hast niemand, Emmeline«, sagte Mrs. Bishop, »aber ich muß an meine Enkel denken. Und dann noch etwas: Du magst behaupten, du hättest nichts Unrechtes getan, aber da bin ich nicht so sicher. Du solltest einmal mit dem Pastor sprechen –«
Miss Emmeline sagte, Mr. Cook sei sehr modern und werde kein Wort davon glauben. Und dann sagte sie noch: »Wenn

der Teufel für seine Pläne die Bibel zitieren kann, warum kann dann nicht auch eine treue Kirchgängerin die Methoden des Teufels für ihre Pläne benutzen?«
Sonderbarerweise vermochte dieser Einwand Mrs. Bishop zu überzeugen. Sie war sogar froh, überzeugt zu sein, denn da sie sich nun von der Aufregung eines so unglaublichen Erlebnisses erholt hatte, fiel ihr wieder ein, wie vergnüglich es gewesen war, und vor allem, wie sie das Zwicken und Zwacken ihres Rheumas, das ihr gegenwärtig fast ununterbrochen zu schaffen machte, überhaupt nicht mehr gespürt hatte. Kurz und gut: Miss Emmeline mußte sich gar nicht groß anstrengen, um ihre Freundin zu überreden, es noch einmal zu versuchen. Also ging sie einen Besen holen und vergewisserte sich, daß das Hauspersonal in den hinteren Räumen beschäftigt war, und dann zog sie mit Miss Emmeline los – zu einer vergnüglichen kleinen Runde um den See, wie sie es später nannte.
Mr. Maule, der sich inzwischen von seinem Schrecken erholt hatte, war zutiefst verstört. Er hatte Mrs. Bishop nicht erkannt, aber er selbst wie auch das Dienstmädchen hätten schwören können, daß da eine alte Dame auf einem Besenstiel auf sie heruntergeschossen und nach erneutem Aufschwung allem Anschein nach in ein Fenster bei den Bishops geflogen sei. Sobald also der Butler das Mädchen beruhigt und zu Bett geschickt hatte, beschloß Mr. Maule, hinüberzugehen und nachzuforschen. Dem Hausmädchen, das auf sein Klingeln an die Tür kam, sagte er, er habe jemanden ins Wohnzimmerfenster einsteigen sehen.
»Mrs. Bishop und Miss Valiant sind drinnen, glaube ich«, sagte das Mädchen und führte ihn zur Wohnzimmertür. Aber als sie öffnete, war der Raum leer.
»Miss Valiant – aha«, sagte Mr. Maule nachdenklich. »Nun, vielleicht kommen sie bald wieder. Ich möchte gern warten und sie warnen.«
Da sagte das Mädchen: »Schön«, und ging weg. Mr. Maule nahm gerade Platz, als Miss Emmeline und Mrs. Bishop zum

Fenster hereinsegelten. Mr. Maule stieß einen Entsetzensschrei aus und war genau acht Sekunden später wieder an seiner eigenen Haustür.
Vermutlich hatte Mr. Maule die beiden alten Damen ebenso erschreckt, wie sie ihn erschreckt hatten. Als jede ein großes Glas Limonade getrunken hatte, sagte Mrs. Bishop: »Weißt du, Emmeline, all das war ein grandioser Unfug, und wenn du meinen Rat hören willst, wirfst du diese Salbe in den See.« Sie war ziemlich empört. Da steckte Miss Emmeline die Salbe in ihre Tasche, wickelte ihren Besen ein und ging nach Hause.
Ein paar Tage lang tat sich gar nichts, und dann kam eines Nachmittags der junge Mr. John Sawyer zu Miss Emmeline.
»Oh, das ist aber sehr nett von Ihnen, daß Sie mich besuchen, John«, sagte Miss Emmeline. »Und wie geht es Ihrer lieben Mutter?« Mr. Sawyer sagte, seiner Mutter gehe es gut, und dann sah er Miss Emmeline so sonderbar an, daß sie sagte: »Aber was ist denn? Ist Ihnen nicht wohl?«
»Ach, mir ist ganz komisch«, sagte Mr. Sawyer. »Mr. Maule war nämlich bei mir und – na, ich fand, ich sollte deshalb selbst zu Ihnen gehen. Ich wäre sonst nicht gekommen«, sagte er, »aber ich führe, wie Sie wissen, hier am Ort Mr. Maules Geschäfte, und da blieb mir nichts anderes übrig. Er – wirklich, es ist zu töricht, um es auszusprechen – er bezichtigt Sie der Hexerei.«
»Du liebe Zeit«, sagte Miss Emmeline. »Ist denn Hexerei ein Verbrechen?«
»Himmel, ich weiß es nicht!« sagte Mr. Sawyer. »Aber er hat es nun einmal darauf angelegt, einen Gerichtsbeschluß zu erwirken, damit Sie nicht mehr über sein Grundstück fliegen dürfen.«
Miss Emmeline lächelte und sagte: »Meint der Mann das tatsächlich ernst?«
Mr. Sawyer sagte: »Es hat ganz den Anschein, aber ich glaube, in Wahrheit geht es ihm darum, Sie zum Gespött des Dorfes zu machen, und ich denke schon, daß er beim Landgericht

recht bekommen würde, weil er Richter Simmons in der Hand hat.« Mr. Sawyer stand auf. »Nein, wirklich, Miss Emmeline«, sagte er. »Ich mußte es Ihnen einfach erzählen. Ich habe vor, meine Stellung bei Mr. Maule aufzugeben, denn der Mann ist überhaupt nicht mehr bei Trost. Er brachte eine ganz verrückte Geschichte über Sie und Mrs. Bishop daher. Aber wie wir ihn zum Schweigen bringen können, das weiß ich auch nicht.«

»Ihre Stelle dürfen Sie auf keinen Fall aufgeben, John«, sagte Miss Emmeline. »Hier am Ort gibt es nicht allzu viele wohlhabende Kunden. Und ich finde, Sie sollten ihm empfehlen, den Gerichtsbeschluß nicht zu beantragen. Er hat nämlich wenig Ahnung von den Leuten hier im Dorf, wenn er glaubt, er könnte mich damit lächerlich machen. Damit würde er sich höchstens selbst als recht ungehobelter Spaßvogel hinstellen. Und was mich betrifft, so will ich versprechen, nicht mehr auf meinem Besenstiel über sein Anwesen zu fliegen.«

Mr. Sawyer lachte aus vollem Halse über die Vorstellung einer fliegenden Miss Emmeline auf einem Besenstiel, und er fand die durchaus der Wahrheit entsprechenden Einzelheiten, die sie ihm über die Anwendung der Hexenkunst preisgab, sehr unterhaltsam. Er fragte sie, ob sie Unwetter aufziehen lassen könne, und sie sagte, sie hätte es noch nie versucht, aber das Verfahren sei recht einfach.

»Na ja«, meinte er, »dann könnten Sie es nächste Woche ausprobieren, wenn Mr. Maule sich zur Hauseinweihung Gäste einlädt. Wie ich hörte, soll es ein großes Gartenfest geben, wenn schönes Wetter ist. Und überhaupt gibt er sich so richtig altmodisch, seit er Ihr Haus gekauft hat, daß er begeistert wäre, wenn Sie auf einem Besenstiel ankämen.« Und als Mr. Sawyer aufstand und gehen wollte, sagte er noch: »Aber seien Sie vorsichtig beim Herumfliegen, Miss Emmeline. Auch wenn Mr. Maule Sie nicht wegen Hexerei verklagen kann, so kann er doch jederzeit Startverbot für Sie wegen Fliegens ohne Pilotenschein erwirken.«

Offensichtlich beherzigte Mr. Maule Mr. Sawyers Empfehlung, denn Miss Emmeline hörte nichts mehr von einem Gerichtsbeschluß. Zwei Tage später rief Mrs. Bishop an und lud sie zum Abendessen ein. Miss Emmeline lächelte, denn sie kannte Mrs. Bishop nur zu gut, und sie sagte zu ihrem Kater Thomas: »Siehst du, Thomas, was habe ich dir gesagt? Ich meine, ich sollte auf alle Fälle meinen Besen mitnehmen.« Das tat sie auch, und sie hatte ganz richtig vermutet. Nachdem Mrs. Bishop ausgiebig auf den Busch geklopft hatte, brachte sie die Sache mit dem Fliegen zur Sprache, und schließlich meinte sie, auch wenn ein solches Vorhaben unangemessen und durchaus nicht zu billigen wäre, könne es doch nicht schaden, wenn sie noch einen einzigen Flug zusammen machten, der dann auch der letzte sein solle.

Da der Abend kühl war, zog sie ihren Nerzmantel an und lieh Miss Emmeline eine Seehundjacke, und sie flogen nach Crandall Hollow und stöberten in dem alten Friedhof auf der Suche nach Grabsteinen der Bishops und Crandalls mit einer Taschenlampe herum.

Der alte Jed Holly sah das Licht zwischen den Gräbern flakkern, als er heimwärts schwankte, und trank fortan bis an sein Lebensende keinen Tropfen mehr. Also amüsierten die beiden sich nicht nur, sondern taten auch noch ein gutes Werk. Und ehe Miss Emmeline nach Hause ging, stellte sie ein Silberdöschen mit etwas Salbe auf einen kleinen Tisch, und Mrs. Bishop tat so, als hätte sie nichts bemerkt.

An dem Tag, als Mr. Maule sein Fest gab, werkelte Miss Emmeline in Mrs. Purdys Garten herum. Sie war nahe genug beim Valiant'schen Haus, um Geschirrklappern und angeregte Gespräche hören zu können, und eine Welle der Mißgunst stieg ihr zum Herzen auf, und es fiel ihr ein, was Mr. Sawyer über das Aufziehen eines Unwetters gesagt hatte. Also kniete sie nieder und nahm ein wenig Erde und warf sie hinter sich, wobei sie die kabbalistischen Sprüche murmelte, die sie in dem Nachschlagewerk gelesen hatte, und dazu noch die Namen einiger wichtiger Teufel, die für solche Angelegenheiten zuständig waren. Sie hätte es nie getan, hätte sie geahnt, daß es tatsächlich wirkte. Sie war entsetzt, als das Sonnenlicht im Handumdrehen aus dem Garten um sie her wich und ein jäher Windstoß in die Zweige fuhr und dicke schwarze Wolken herantrieb, die ganz dicht über den Baumwipfeln dahinfegten und sich in einer Reihe greller Blitze und fürchterlicher Donnerschläge entluden, die augenblicklich in Sturzbächen strömenden Regens ertränkt wurden.

Nun, es war ein ganz schreckliches Ungewitter, und das Gartenfest wurde zum Chaos. Niemand fand mehr Zeit, ins Haus zu gehen, und alle Gäste wurden naß bis auf die Haut und schoben natürlich die Schuld auf Mr. Maule.

Darauf ging er am nächsten Tag zu Miss Emmeline. »Sie haben gewonnen«, sagte er. »Hier sind Ihre Truhe und Ihre Schuhe, und nun lassen Sie mich künftig in Frieden, ja?«

»Danke schön«, sagte Miss Emmeline. »Ich muß Ihnen dazu sagen, daß ich keine Ahnung hatte, ob die Zaubersprüche tatsächlich wirken würden. Aber vielleicht hätte ich es trotzdem getan.«

»Nun, ich bitte Sie, keine Zauberei mehr zu probieren«, sagte er. Und dann fragte er: »Wie machen Sie es nur? Sie können es mir doch wenigstens erklären.«

Da sah Miss Emmeline Mr. Maule an, und sie sah einen kleinen Mann, der – obzwar dies völlig unmöglich schien – trotz all seines Geldes und seiner Macht unsicher und unzufrieden war. Das Leben war gar nicht so rosig für ihn. Er beschäftigte zwar eine Armee von Sippenforschern und hatte ein schönes altes Haus und schöne alte Erbstücke, aber er leuchtete nur vom Widerschein geborgten Glanzes. Denn das Haus war noch immer das Haus Valiant und nicht das Haus Maule. Und da wurde ihr klar, daß sie beide nicht das hatten, was sie sich wünschten. Ihr fehlte das Geld, um ihren Lebensstil aufrechtzuerhalten, und ihm fehlte der Rang, damit sein Geld auch zählte. Da tat er ihr unendlich leid, und sie bat ihn, doch Platz zu nehmen, und dann weihte sie ihn in alles ein. Wäre dies nun ein Märchen, so sähen wir Mr. Maules Mitgefühl angesprochen, und er würde Miss Emmeline ihr Haus und ihren Besitz zurückgeben. Aber in Wahrheit verspürte Mr. Maule keinerlei Mitgefühl. Er fürchtete Miss Emmelines Fähigkeiten, aber wenn er sie mit der Truhe besänftigen konnte, würde er keinesfalls noch etwas anderes darangeben, und dann ging ihm auf, daß die Hexensalbe sich in unerhörtem Ausmaß geschäftlich verwerten lassen würde, wenn er das Rezept an sich bringen könnte. Er stellte dazu eine Menge Fragen und machte ein Kaufangebot. Erst weigerte sich Miss Emmeline, aber das bestärkte ihn nur noch in seinem Entschluß, und als er einen Preis für ein Viertel ihres Vorrats nannte, der höher war als das, was ihn das Haus mit allem darin gekostet hatte, nahm sie an. Sie war schließlich nicht dumm. Und als er mißtrauisch fragte: »Woher soll ich nun wissen, daß es das echte Zeug ist?«, da sagte sie: »Probieren Sie es aus, und wenn es nicht wirkt, dann bringen Sie es wieder her, und ich geben Ihnen Ihren Scheck zurück.«

Nun, er probierte es wirklich aus. Früh am nächsten Morgen karrte ein Bauer namens Willett mit seiner Milch von zu Hause los, und als er über den Fünf-Meilen-Berg kam, sah er etwas Großes, Schwarzes kraftlos in den Telegrafendrähten entlang der Bahnlinie zappeln. Er holte Leitern und Stricke und brauchte eine Stunde, um Mr. Maule herunterzuholen, und einer von Willetts Sommergästen machte ein Foto und schickte es an eine Illustrierte. Es wurde als eines der großen Rätsel-Fotos des Jahres abgedruckt, denn niemand konnte sich erklären, wie Mr. Maule dort hinaufgelangt war, am wenigstens Mr. Maule selbst. Im ganzen Land lachten die Leute und wunderten sich, und im Dorf lachten sie so sehr, daß Mr. Maule sich für den Rest des Sommers nicht mehr auf der Straße blicken ließ und im Haus Valiant keine Feste mehr feierte. Im Herbst, als er entdeckte, daß die Leute immer noch lachten, sperrte er das Haus zu und bot es zum Verkauf an.

Inzwischen gelang es jedoch dem Chemiker, dem Mr. Maule die Salbe geschickt hatte, die einzelnen Ingredienzien zu analysieren; es waren Eisenhut und Belladonna und Fledermausblut und noch manch anderes, das ich lieber nicht verrate. Der Mann hatte einiges über den Gebrauch von Drogen im Mittelalter gelesen, und er suchte Mr. Maule in seinem Büro im Empire State Building auf und berichtete ihm von seinem Verdacht.
»Da haben Sie völlig recht«, sagte Mr. Maule, »und ich glaube, wir haben da etwas, das das Leben in Amerika noch stärker verändern wird als das Automobil. Und der Name Maule wird berühmter sein als der Name Ford. Und Sie«, sagte er, »werden Geschäftsführer der Gesellschaft sein, mit einem Gehalt, das – glauben Sie mir – höher sein wird als das, was Sie verdienen könnten, wenn Sie das Zeug auf eigene Faust zu verwerten versuchen.«
»Oh, in dieser Beziehung habe ich Sie durchaus verstanden«, sagte der Chemiker, »aber wie wirkt das Zeug nun?«
»Passen Sie auf«, sagte Mr. Maule. »Sie reiben sich ein wenig davon aufs Handgelenk – «, und schon ließ er dem Wort die Tat folgen.
Und sogleich schwebte er, ein triumphierendes Lächeln auf dem Gesicht, zum Fenster hinaus. Doch da er keinen Besen zur Steuerung hatte, stieg er unaufhaltsam hoch und entschwand den Blicken in östlicher Richtung, und jegliche Vermutung, wo er gelandet sein könnte, ist zwecklos, denn er ward nie mehr gesehen. Und der Chemiker zerriß vernünftigerweise seine Notizen, ging nach Hause und machte sich darüber keine Gedanken mehr.
Noch zweimal jede Woche in diesem Sommer lud Mrs. Bishop Miss Emmeline zum Abendessen ein, und bei gutem Wetter schickten sie nach dem Essen das Dienstmädchen ins Kino, und dann genehmigten sich die beiden alten Damen einen Flug.
Am liebsten waren ihnen die Mondnächte, wenn sie ihre Schat-

ten über die dunklen Felder gleiten sehen konnten, oder wenn sie bei lockerer Bewölkung durch die Wolken stoßen konnten und oben im Mondschein auf ihre Silhouette hinuntersehen oder nach dem Eintauchen in undurchdringlichen Dunst anmutig miteinander Verstecken spielen konnten.

Als Mr. Maule seinerzeit aus dem Dorf weggezogen war, hatte er Mr. Sawyer beauftragt, das Valiant'sche Haus mit dem Mobiliar zum bestmöglichen Preis zu verkaufen. Aber solche alten Häuser waren nur schwer loszuschlagen, und obwohl Mr. Sawyer vielerorts Anzeigen aufgegeben hatte, war nur ein einziges Angebot eingegangen – von einem Immobilienmakler, der es aus Spekulationsgründen billig erstehen wollte. Mr. Sawyer schrieb an Mr. Maule, erhielt jedoch keine Antwort, und da die ihm erteilte Anweisung eindeutig war, wollte er schon das Geschäft abschließen, als ihm der Gedanke kam, erst noch mit Miss Emmeline zu reden.

»Aber John«, sagte Miss Emmeline, »das ist ja weniger, als mir Mr. Maule allein für die Möbel bezahlt hat.«

»Wenn Sie bereit wären, fünf Dollar mehr zu bieten«, sagte Mr. Sawyer, »müßte ich darauf eingehen.«

Da schrieb ihm Miss Emmeline einen Scheck, er besorgte die Urkunden und übergab ihr die Schlüssel. Noch am selben Nachmittag zog sie wieder ein.

Mr. Sawyer schickte den Scheck an Mr. Maules Büro, Mr. Maules Sekretärin schrieb ihn seinem Privatkonto gut, und dort steht das Guthaben meines Wissens noch immer.

Miss Emmeline aber war so glücklich darüber, wieder in ihrem alten Heim zu sein, daß sie eine Zeitlang gar nicht mehr fürs Fliegen zu haben war und Mrs. Bishop allein fliegen mußte. Das störte Mrs. Bishop nicht sehr, denn mittlerweile war sie davon so begeistert, daß sie, wenn sich keine andere Tageszeit geboten hätte, bei hellem Sonnenschein geflogen wäre. Tatsächlich zog sie oft früher los und kehrte später heim, als es angebracht gewesen wäre, denn ungeachtet ihrer gesellschaftlichen Stellung hatte sie von jeher immer nur das getan,

was ihr Spaß machte, und sich wenig darum bekümmert, was andere darüber denken mochten.
So kam es dann, daß erst einer und dann noch ein anderer der Dorfbewohner sie in der Morgendämmerung heimwärts oder beim letzten Sonnenstrahl über den See hinweg segeln sah. Ehe die Leute sie erkannten, waren sie recht entsetzt. Es gab eine Menge Gerede, aber sobald man wußte, wer es war, hörte das Gerede auf. Denn was die Bishops auch immer taten, war seit Generationen im Dorf gutgeheißen worden. Jetzt machte sich lediglich ein heimlicher Stolz auf diesen neuen Beweis für Bishop'sche Überlegenheit bemerkbar. Was bei einer Person, die eben nur sehr reich war, protzig erschienen wäre und bei einer anderen, die lediglich gesellschaftliches Ansehen ohne ausreichende Kapitaldecke vorzuweisen hatte, exzentrisch gewirkt hätte, wurde bei einer Dame, die dank beider Eigenschaften allgemeine Wertschätzung genoß, als durchaus angemessen und natürlich empfunden.
Somit wären nun am Ende der Geschichte Miss Emmeline und Thomas, ihr Kater, wieder in der stillen Behaglichkeit ihres alten Heimes, und Mrs. Bishop – nun, ehrlich gesagt, weiß ich nicht genau, was ich von Mrs. Bishop halten soll. Ihre Flüge nämlich, die zunächst nur harmloser Zeitvertreib gewesen waren, sind nun offenbar etwas mehr geworden. Schon mehrmals haben ihre Hausangestellten von sonderbaren Lauten und geheimnisvoll auftauchenden Gestalten berichtet, und verschiedentlich war sie schon eine Woche lang oder länger verschwunden. Beim letzten Mal, als die beiden alten Damen in der Abendkühle eine Runde um den See drehten, hatte Miss Emmeline das beunruhigende Gefühl, sie seien nicht allein. Es mag auch von Belang sein, daß Mrs. Bishop jetzt nicht mehr zu den Zusammenkünften des Frauenvereins geht und daß ihr Platz in der Kirche sonntags häufiger leer als besetzt ist. Aber der Leser ziehe seine eigenen Schlüsse. Ich habe das Gefühl, daß die Sache mit Miss Emmeline uns nunmehr über den Kopf gewachsen ist.

Das Tal der Tiere

Algernon Blackwood

Als sie mit einem Mal aus dem dichten Wald auftauchten, blieb der Indianer stehen, und Grimwood, sein Brotgeber, stand neben ihm und schaute in das schöne bewaldete Tal, das im Glanz eines goldenen Sonnenunterganges zu ihren Füßen ausgebreitet lag. Beide Männer stützten sich auf ihre Flinten, betroffen vom Zauber des unverhofften Anblicks.
»Wir kampieren hier«, sagte Tooshalli plötzlich nach sorgfältiger Ausschau. »Morgen wir machen einen Plan.«
Er sprach ausgezeichnet Englisch. In seiner Stimme war ein Beiklang von Entschiedenheit, fast Autorität, zu vernehmen, aber Grimwood schrieb dies der naturgemäßen Erregung des Augenblicks zu. Jede Spur, die sie in den beiden letzten Tagen verfolgt hatten, insbesondere aber eine bestimmte Fährte, hatte geradewegs zu dem abgelegenen, verborgenen Tal geführt, und es versprach ein ungewöhnliches Abenteuer zu werden.
»Gut so«, entgegnete er im Befehlston. »Du kannst das Lager gleich zurechtmachen.« Und er setzte sich auf eine umgestürzte Hemlocktanne, um seine Mokassinstiefel auszuziehen und sich die Füße einzufetten. Sie schmerzten von dem anstrengenden Tag, der sich nun dem Ende zuneigte.
Obwohl er unter normalen Umständen noch eine oder zwei Stunden durchgehalten hätte, war er nicht abgeneigt, hier zu nächtigen. Die Erschöpfung hatte ihn auf dem letzten Stück unwegsamen Geländes überwältigt, sein Blick und seine Muskeln waren nicht mehr verläßlich, und er hegte Zweifel, ob er noch einen tödlichen Blattschuß abfeuern konnte. Er wollte kein zweites Mal sein Ziel verfehlen.
Mit seinem kanadischen Freund Iredale, dessen Halbblut und seinem eigenen Indianer Tooshalli war Grimwood vor drei

Wochen aufgebrochen, um den »großmächtigen Elch« zu finden, der – wie die Indianer berichteten – im Gebiet des Schnee-Flusses umherzog. Sie stellten bald fest, daß der Bericht stimmte; es gab reichlich Fährten, und sie sahen fast jeden Tag schöne Tiere. Sie hatten gute Köpfe, aber die Jäger hofften auf bessere und ließen sie in Ruhe. Sie arbeiteten sich flußaufwärts zu einer Kette kleiner Seen nahe der Quelle vor und teilten sich dann in zwei Lager, jedes mit einem neun Fuß langen Kanu aus Birkenrinde, und sie packten Vorräte für drei Tage ein, um den noch größeren Tieren, die nach den übereinstimmenden Aussagen der Indianer in den dichteren Wäldern drüben in der Ferne zu finden waren, auf die Spur zu kommen. Die Erregung war stark, und noch stärker war die Erwartung. Am Tag, ehe sie sich trennten, schoß Iredale den größten Elch seines Lebens, und heute hängt dessen Kopf, größer noch als die großen Köpfe aus Alaska, in seinem Haus. Die Jagdlust pochte Grimwood im Blut. Sein Blut war von heftiger, um nicht zu sagen wilder Natur. Es schien fast, als liebe er das Töten um des Tötens willen.
Vier Tage nach der Teilung in zwei Gruppen stieß er auf eine gewaltige Fährte, deren Größe und Schrittlänge jeden Nerv in ihm aufs äußerste anspannte.
Tooshalli untersuchte die Spuren bedachtsam einige Minuten lang. »Es ist der größte Elch der Welt«, sagte er schließlich mit einem neuen Ausdruck auf seinem undurchdringlichen roten Gesicht.
Obgleich sie die Fährte den ganzen Tag verfolgten, kam ihnen der große Bursche nicht zu Gesicht. Er schien sich vorzugsweise in einer kleinen sumpfigen Niederung aufzuhalten, die reichlich mit Weiden und Gebüsch bestanden war. Er hatte seine Verfolger noch nicht gewittert. Bei Tagesanbruch waren sie wieder hinter ihm her. Gegen Abend des zweiten Tages bekam Grimwood das Ungeheuer jählings zwischen dichtem Weidengeäst zu Gesicht, und der Anblick des prachtvollen Kopfes, der mühelos alle Rekorde überbot, ließ sein Herz

vor Erregung wie einen Hammer schlagen. Er zielte und schoß. Aber der Elch stürzte nicht nieder, sondern brach polternd weiter ins Unterholz ein und verschwand in der Ferne, und das Geräusch seines leichten Galopps durchs Gebüsch erstarb rasch. Grimwood hatte ihn verfehlt, aber immerhin angeschossen.

Dann kampierten sie, und am nächsten Tag ließen sie das Kanu liegen und verfolgten nur noch die gewaltige Fährte. Doch obgleich sie Blutspuren fanden, waren es nicht viele. Der Schuß hatte das große Tier offenbar nur gestreift. Die Wanderschaft war ungeheuer mühsam. Gegen Abend, als sie bis aufs äußerste erschöpft waren, führte die Spur sie zu einem Bergrücken, auf dem sie nun standen, den Blick auf das zauberhafte Tal gerichtet, das sich zu ihren Füßen öffnete. In dieses Tal war der Riesenelch hinuntergegangen. Dort würde er sich sicher fühlen. Grimwood war mit dem Rat des Indianers einig. Sie würden ihr Nachtlager aufschlagen und im Morgengrauen die Hatz auf den »größten Elch der Welt« fortsetzen.

Das Abendessen war vorüber, und das kleine Feuer der Kochstelle brannte herunter, als Grimwood erstmals bemerkte, daß der Indianer sich nicht wie gewohnt verhielt. Welche Einzelheit ihm besonders auffiel, war schwer zu sagen. Er war ein schwerfälliger, wuchtiger Mann, vierschrötig und ein schlechter Beobachter; eine Tatsache mußte ihn in seinem Wohlbehagen, seiner Lebensfreude gründlich stören, ehe er sie zur Kenntnis nahm. Doch jeder andere müßte lange zuvor den Stimmungsumschwung bei dem Indianer wahrgenommen haben. Tooshalli hatte Feuer gemacht, den Speck gebraten, den Tee gereicht, und nun legte er für beide Männer die Dekken zurecht, und da sprach Grimwood ihn endlich an – auf sein Schweigen hin. Tooshalli hatte über eineinhalb Stunden lang kein Wort geredet, genau genommen seit er den ersten Blick auf das neue Tal geworfen hatte.

Und seinem Herrn fiel nun die ungewohnte Stille auf, denn

nach dem Essen hörte er gern Geschichten aus den Wäldern und Jägerlatein.
»Bist wohl müde?« sagte der große Mann mit einem Blick in das dunkle Gesicht jenseits des Feuers. Jetzt, da es ihm aufgefallen war, behagte ihm das Fehlen der Unterhaltung gar nicht. Er selbst war völlig übermüdet und fühlte sich reizbarer als gewohnt, obwohl er stets übelgelaunt war.
»Die Sprache verloren, wie?« fuhr er knurrend fort, als der Indianer sein Starren mit feierlichem, unbewegtem Gesicht erwiderte. Dieser dunkle, undurchschaubare Blick ging ihm nicht wenig auf die Nerven. »Red schon, Mann!« rief er mit scharfem Ton. »Was ist eigentlich los?«
Dem Engländer war endlich klar geworden, daß es etwas gab, worüber man reden mußte. Diese Entdeckung verärgerte ihn in seinem gegenwärtigen Zustand um so mehr. Tooshalli starrte ihn ernst an, erwiderte aber nichts. Das Schweigen zog sich fast minutenlang hin. Da plötzlich wandte der Indianer den Kopf, als lausche er. Der andere beobachtete ihn scharf, und Zorn stieg in ihm auf. Aber dann war es die Art, wie der Rothäutige den Kopf drehte und den Körper steif hielt, die Grimwood einen Schock versetzte und ihm ein Gefühl verursachte, das er noch nie im Leben empfunden hatte – er bekam das, was man gemeinhin »Gänsehaut« nennt. Es schien ihn wie ein Mißklang durch und durch zu erschüttern, mahnte ihn aber gleichzeitig zur Vorsicht. Es widerstrebte ihm, diese Empfindung verwirrte ihn.
»Red irgendwas, sag ich dir«, wiederholte er mit barschem Ton und lauterer Stimme. Er setzte sich aufrecht und schob seinen mächtigen Körper näher zum Feuer. »Red was!«
Aber seine Stimme erstarb gegen die Mauer der umstehenden Bäume und ließ die Stille des Waldes unangenehm hervortreten. Die Oktoberluft hatte einen frostigen Biß.
Der Indianer antwortete nicht. Weder in seinem Hals noch in seinem steifgehaltenen Körper regte sich ein Muskel. Er schien ganz Ohr.

»Na?« wiederholte der Engländer, diesmal mit instinktiv gesenkter Stimme. »Was hörst du denn?«

Tooshalli drehte langsam den Kopf wieder in die Normalstellung. Der Körper behielt seine Steifheit bei.

»Ich höre nichts, Mr. Grimwood«, sagte er und schaute seinem Herrn mit ruhiger Würde in die Augen.

Das war zuviel für den anderen, einen Mann von ungestümem Temperament auch zu guten Zeiten. Er war der Typ Engländer, der seine eigenen strengen Ansichten über die rechte Art, »unterlegene« Rassen zu behandeln, hatte.

»Das ist gelogen, Tooshalli, und ich wünsche nicht, daß du mich belügst. Also was war es? Sag es mir auf der Stelle!«

»Ich höre nichts«, wiederholte der andere. »Ich denke nur.«

»Und was beliebt dir zu denken?« Die Ungeduld verlieh ihm einen häßlichen Zug um den Mund.

»Ich gehe nicht«, war die schroffe Entgegnung, unwandelbare Entschlossenheit in der Stimme.

Die Erwiderung des Mannes kam so unerwartet, daß Grimwood zunächst nichts zu sagen wußte. Im ersten Augenblick ging ihm ihre Bedeutung gar nicht auf. Sein von Natur langsames Denken war verwirrt von Ungeduld und von dem nach seiner Meinung törichten kleinen Vorfall. Dann begriff er blitzartig; aber er begriff auch die unbeugsame Halsstarrigkeit der Rasse, mit welcher er es zu tun hatte. Tooshalli gab ihm zu verstehen, daß er sich weigerte, in das Tal zu gehen, wo der große Elch verschwunden war. Und sein Erstaunen war erst einmal so groß, daß er nur dasaß und starrte. Er fand keine Worte.

»Es ist — «, sagte der Indianer, jedoch mit einem Ausdruck der Stammessprache.

»Was heißt das?« Grimwood war des Sprechens wieder mächtig, und sein ruhiger Ton war unheilverkündend.

»Mr. Grimwood, es heißt das ›Tal der Tiere‹«, kam die Erwiderung in noch ruhigerem Ton.

Der Engländer unternahm eine große, redliche Anstrengung,

sich zu beherrschen. Er hatte es, wie er sich einzusehen bemühte, mit einem abergläubischen Indianer zu tun. Er kannte den Starrsinn dieses Typs. Wenn der Mann ihn verließ, war ihm die Jagd unwiederholbar verdorben, denn allein konnte er in dieser Wildnis nicht jagen, und selbst wenn er den begehrten Kopf bekam, konnte er ihn niemals allein aus dem Wald schaffen. Seine angeborene Selbstsucht unterstützte ihn in seiner Mühe. Den anderen zu überreden – wenn er nur den aufsteigenden Zorn zu unterdrücken vermochte – war die Rolle, die er nun spielen mußte.
»Das Tal der Tiere«, sagte er, ein Lächeln eher auf den Lippen als in den sich verdunkelnden Augen. »Aber genau dort wollen wir doch hin. Tiere jagen wir schließlich, nicht wahr?« Seine Stimme hatte einen falschen munteren Klang, der nicht einmal ein Kind zu täuschen vermocht hätte. »Aber was meinst du eigentlich damit – das Tal der Tiere?« Er fragte es mit einem lahmen Versuch, Anteilnahme zu zeigen.
»Es gehört Ishtot, Mr. Grimwood.« Der Mann schaute ihm voll ins Gesicht, aus unbeweglichen Augen.
»Mein – unser – großer Elch ist dort«, sagte der andere, der sich des Namens des indianischen Jagdgottes entsann und es sich nach dieser Erkenntnis zutraute, seinen Gefährten bald überzeugen zu können. Denn Tooshalli bekannte sich, wie ihm ebenfalls einfiel, zum Christentum. »Wir werden ihm im Morgengrauen folgen und den größten Kopf bekommen, den die Welt je gesehen hat. Du wirst berühmt sein«, setzte er noch hinzu, da er sich nun wieder in der Hand hatte. »Dein Stamm wird dich verehren. Und die weißen Jäger werden dir künftig viel Geld bezahlen.«
»Er gegangen dorthin, um sich zu retten. Ich gehe nicht.« Angesichts solch törichter Verstocktheit stieg in dem anderen jäh wieder der Zorn auf. Aber dennoch fiel ihm die eigenartige Wortwahl auf. Ihm wurde allmählich klar, daß der Mann jetzt zu nichts zu bewegen war. Gleichzeitig erkannte er, daß Gewaltanwendung ihm nichts einbringen und nur schaden

würde. Aber Gewalttätigkeit war seiner »Herrennatur« angeboren. »Der brutale Grimwood« – so sprachen die meisten Leute über ihn.
»Bei euch zu Hause bist du ein Christ, vergiß das nicht«, versuchte er auf seine unbeholfene Weise einen anderen Weg einzuschlagen. »Und Ungehorsam bedeutet das höllische Feuer. Das weißt du doch!«
»Ich ein Christ – in Reservat«, lautete die Entgegnung, »aber hier außen herrscht der Rote Gott. Ishtot dieses Tal für sich hat. Kein Indianer dort jagt.« Es war, als spräche ein Granitblock.
Die ungestüme Natur des Engländers, noch verstärkt durch langes, mühsames Unterdrücken, brach sich in jähem Aufflammen bösartig Bahn. Er stand auf und stieß die Decken mit dem Fuß von sich. Er schritt über die ersterbende Glut hinweg zu dem Indianer hinüber. Tooshalli erhob sich auch. Sie standen einander gegenüber, zwei Menschen allein in der Wildnis, von zahllosen unsichtbaren Augen des Waldes beobachtet.
Tooshalli stand regungslos, doch als sei er auf Gewalt von dem törichten, unwissenden Bleichgesicht gefaßt. »Sie gehen allein, Mr. Grimwood.« In ihm war keine Furcht.
Grimwood keuchte vor Wut. Seine Worte kamen nur mühsam heraus, obwohl er sie in die Stille des Waldes hineinbrüllte: »Ich bezahle dich, oder nicht? Du wirst tun, was ich sage, nicht was du sagst!« Seine Stimme weckte Echos.
Der Indianer gab mit herabhängenden Armen die gleiche Antwort.
»Ich gehe nicht«, wiederholte er entschlossen.
Das stachelte den anderen zu unbeherrschbarem Zorn an. Das Tier in ihm gewann die Oberhand. »Das hast du einmal zuviel gesagt, Tooshalli!« Und er schlug ihn brutal ins Gesicht. Der Indianer stürzte nieder, erhob sich wieder auf die Knie, brach neben dem Feuer seitwärts zusammen und raffte sich dann mühsam zum Sitzen auf. Nicht ein einziges Mal wandte er die Augen vom Gesicht des Weißen ab.

Außer sich vor Wut stand Grimwood über ihm. »Ist das genug? Wirst du mir jetzt gehorchen?« brüllte er.
»Ich gehe nicht«, kam die dumpfe Antwort, während Blut aus dem Mund floß. Die Augen bewegten sich nicht. »Dieses Tal Ishtot behält. Ishtot uns jetzt sieht. *Er dich sieht.*« Die letzten Worte stieß er mit eigenartiger, fast unheimlicher Betonung hervor.
Grimwood, den Arm erhoben und die Faust geballt, dicht vor einem zweiten brutalen Ausfall, hielt plötzlich inne. Sein Arm sank herunter. Was ihn letztlich zurückhielt, wußte er hinterher nicht zu sagen. Einmal fürchtete er seinen eigenen Zorn, fürchtete sich davor, daß er, wenn er sich gehen ließ, nicht aufhören könne, bis er getötet haben würde – einen Mord begangen haben würde. Er kannte seine gewalttätige Veranlagung, und sie ängstigte ihn, wie er da stand. Aber das war es nicht allein. Die ruhige Festigkeit des Indianers, sein Mut trotz erlittener Schmerzen und etwas in den starren, glühenden Augen hielten ihn am Zügel. War da auch etwas in den Worten, die er verwendet hatte – »Ishtot dich sieht« –, das ihm mitten in seinem Jähzorn den Stachel einer ungewohnten Achtsamkeit versetzte?
Er konnte es nicht sagen. Er wußte nur, daß ihn unvermittelt ein Gefühl der Ehrfurcht überkam. Mit Mißbehagen spürte er den Wald, der ihn einhüllte, so still, lauschend in undurchdringlichem, unerbittlichem Schweigen. Diese einsame Wildnis, mit ihrem stummen Blick auf einen so leicht zu begehenden Mord, kühlte milde und unerklärlich sein wallendes Blut ab. Die Hand senkte sich langsam, die Faust öffnete sich, sein Atem ging gleichmäßiger. »Nun hör mir zu«, sagte er unbewußt vertraulich. »Ich bin kein schlechter Mensch, auch wenn dein Getue einen zum Irrsinn treiben kann. Ich gebe dir noch eine Chance.« Seine Stimme war mürrisch, aber ein neuer Ton darin überraschte ihn selbst. »Ja, das tu ich. Du kannst es dir heute nacht noch überlegen, Tooshalli – ja? Berede es mit deinem – «

Er beendete den Satz nicht. Irgendwie wollte ihm der Name des Indianergottes nicht über die Lippen. Er wandte sich ab, hüllte sich am Boden in seine Decken, und in weniger als zehn Minuten war er, von seinem Zorn wie von dem vergangenen harten Tag gleichwohl erschöpft, fest eingeschlafen.
Der Indianer, der an der verlöschenden Glut hockte, hatte nichts gesagt.
Die Nacht umfing die Wälder, der Himmel war von Sternen übersät, und das Leben im Wald ging still vor sich, mit jener wundersamen, kunstvollen Gewandtheit, wie sie sich in Jahrmillionen vervollkommnet hat. Der Indianer, dieser Kunst so nahe, daß er sie instinktiv nutzte, war stumm, wachsam und weise, und seine Silhouette war so unauffällig, als ob er gleich seinen vierbeinigen Lehrmeistern ins Dickicht des Unterholzes ringsum eintauche.
Vielleicht bewegte er sich, aber seine Bewegung war nicht zu bemerken. Seine Weisheit, empfangen von jener ewigen uralten Mutter, die dank unendlicher Zeit der Erfahrung keinen Fehler begeht, ließ ihn nicht im Stich. Sein sanfter Tritt war ohne Laut; sein Atem war, wie sein Gewicht, wohlbedacht. Die Sterne beobachteten ihn, verschwiegen es aber; der leichte Lufthauch wußte, wo er sich befand, verriet es aber nicht...
Endlich glomm die Morgendämmerung zwischen den Bäumen auf und erhellte die bleiche Asche eines erloschenen Feuers und unverkennbar einen plumpen Körper unter einer Decke. Der Körper regte sich unbeholfen. Die Kühle war durchdringend.
Und dieser plumpe Körper bewegte sich nun, weil ein Traum ihm zu schaffen machte. Eine dunkle Gestalt stahl sich über sein verwirrtes Blickfeld. Der Körper zuckte zusammen, erwachte jedoch nicht. Die Gestalt sprach. »Nimm das«, flüsterte sie und streckte einen kleinen Stab mit seltsamem Schnitzwerk vor. »Es ist das Totem des großen Ishtot. Im Tal werden dich alle Gedanken an die weißen Götter verlassen. Rufe Ishtot an... Rufe ihn an, wenn du es wagst.«

Und die dunkle Gestalt glitt davon, aus dem Traum und aus dem Gedächtnis...

Das erste, was Grimwood bemerkte, als er erwachte, war Tooshallis Fehlen. Kein Feuer brannte, kein Tee war bereit. Er ärgerte sich maßlos. Er starrte rings um sich und stand dann mit einem Fluch auf, um Feuer zu machen. Sein Bewußtsein war wirr und unruhig. Zunächst war ihm nur eines ganz klar – sein Führer hatte ihn in der Nacht verlassen.

Es war sehr kalt. Er entfachte mit Mühe das Holz und machte Tee, und die Wirklichkeit kehrte ihm allmählich zurück. Der Indianer war fort. Vielleicht der Schlag, vielleicht abergläubisches Entsetzen, vielleicht auch beides, hatten ihn vertrieben. Grimwood war allein, das war das Wesentliche.

Während er seine Decken zusammenpackte – er tat es mechanisch, mit dumpfem, bösem Widerwillen –, berührten seine Finger ein Stück Holz. Er wollte es gerade wegwerfen, als ihm jäh die ungewöhnliche Form zum Bewußtsein kam. Da kehrte sein seltsamer Traum wieder. Aber war es ein Traum? Das Stück Holz war zweifellos ein Totemstab. Er untersuchte es. Er wandte mehr Aufmerksamkeit daran, als er vorhatte oder wünschte. Ja, es war fraglos ein Totemstab. Also war der Traum kein Traum. Tooshalli war gegangen, aber nach einem mit Indianertreue befolgten Stammesbrauch hatte er ihm ein Mittel zu seinem Schutz hinterlassen. Grimwood verzog den Mund zu einem säuerlichen Lächeln, steckte sich aber den Stab in den Gürtel. »Man kann nie wissen«, murmelte er vor sich hin.

Er faßte die Lage klar ins Auge. Er war in der Wildnis allein. Sein kenntnisreicher, erfahrener Waldläufer hatte ihn verlassen. Die Lage war ernst. Was sollte er tun? Ein Schwächling würde nun in der eigenen Spur zurückgehen, voll Furcht vor dem Alleinsein im weiten Hinterland unwegsamer Wälder. Aber Grimwood war von anderem Schlag. Er mochte beunruhigt sein, aber er würde nicht aufgeben. Seine Fähigkeiten waren zugleich auch seine Mängel. Die Wurzel seiner angebo-

renen Grausamkeit war Kraft. Er war entschlußfreudig und ein Sportsmann. Er würde weitergehen. Und zehn Minuten nach dem Frühstück, nachdem er die restlichen Vorräte zusammengepackt hatte, war er auf dem Weg – den Berg hinunter und in das geheimnisvolle Tal, das Tal der Tiere.
Es sah im Licht der Morgensonne hinreißend aus. Die Bäume, die er hinter sich ließ, standen immer dichter zusammen, aber er bemerkte es nicht. Es zog ihn vorwärts...
Für einen Mann seiner Veranlagung war das sonderbar. Doch die neuen Empfindungen bemächtigten sich seiner so sachte, daß er sich ihrer erst nur indirekt bewußt wurde. Und das wirkte sich so aus, daß die Jagdleidenschaft der Neugier auf das Tal selbst Platz machte. Die Lust an der Pirsch, die wilde Gier, aufzuspüren und zu töten, kurzum der ungestüme Wunsch, die Beute im Schußfeld zu sehen, zu zielen, zu feuern, die natürliche Vollendung der langen Wanderschaft zu erleben – all dies zählte nun gar nicht mehr so sehr, während der Einfluß des Tals auf ihn stärker geworden war. Es hieß ihn willkommen, und das begriff er nicht.
Der Wechsel war eigentümlich, aber es erschien ihm nicht so; er war unnatürlich, aber das fiel ihm nicht auf. Für einen Mann seines Wesens mußte ein Wechsel deutlich und dramatisch sein, sollte er ihn bemerken; es bedurfte eines Schocks als Begleiterscheinung, damit er erkannte, daß etwas geschehen war. Und einen Schock hatte es nicht gegeben. Die Fährte des großen Elchs war viel deutlicher erkennbar, während er dem Tier, das sie hinterlassen hatte, näher kam. Häufiger waren Blutspuren zu sehen. Er hatte die Stelle bemerkt, wo das Tier Rast gemacht und mit seinem gewaltigen Körper einen merklichen Eindruck auf dem weichen Erdboden hinterlassen hatte; es war auch sichtbar, wo es sich hier und da hochgereckt hatte, um Blätter von den jungen Bäumen zu rupfen. Unzweifelhaft war er ihm sehr nahe gekommen und konnte nun jede Minute den gewaltigen Körper im Schußbereich eines leichten Treffers sehen. Doch seine Gier hatte nachgelassen.

Diese Veränderung an ihm selbst wurde ihm erst klar, als er plötzlich bemerkte, daß das Tier nicht mehr so vorsichtig war. Es mußte ihn jetzt mühelos wittern können, da ein Elch mit seiner schwachen Sehkraft zu seiner Sicherheit hauptsächlich auf seinen ungewöhnlich scharfen Geruchssinn angewiesen ist, und der Wind kam von hinten. Dies nun fiel ihm als entschieden ungewöhnlich auf: der Elch selbst beachtete offensichtlich nicht das Näherkommen des Mannes. Das Tier spürte keine Furcht.

Es war diese unerklärliche Änderung im Verhalten des Tieres, das ihn endlich die Änderung bei sich selbst wahrnehmen ließ. Er war ihm nun einige Stunden lang gefolgt und dabei etwa achthundert bis tausend Fuß abgestiegen. Die Bäume waren weniger dicht mit Ästen behangen und standen weiter auseinander. Es gab offene, parkartige Stellen, wo silberne Birken, Sumach- und Ahornbäume ihre leuchtenden Farben versprühten; und ein kristallener Bach, unterbrochen von vielen Wasserfällen, schäumte vorüber, auf sein Bett im großen Tal zu, noch einmal tausend Fuß weiter unten.

An einem ruhigen Teich vor einigen überhängenden Felsen war der Elch offenbar stehengeblieben, um zu trinken und darauf ein wenig auszuruhen. Grimwood erhob sich gerade nach genauem Betrachten der von der Fährte angezeigten Richtung, die das Tier nach dem Trinken eingeschlagen hatte – die Hufabdrücke waren frisch und ganz deutlich im sumpfigen Erdreich um den Teich zu sehen – und blickte dem gewaltigen Geschöpf genau in die Augen. Es war keine zwanzig Schritte von ihm entfernt, aber er hatte an dieser Stelle mindestens zehn Minuten gestanden, hingerissen von dem eigenartigen, einsamen Anblick. Der Elch war also all die Zeit dicht vor ihm gewesen. Er hatte ruhig getrunken, ungestört durch die Gegenwart des Menschen, ohne Furcht.

Und nun kam der Schock, der sein schwerfälliges Wesen wachrüttelte. Etliche Sekunden, wahrscheinlich sogar Minuten, stand er wie angewurzelt, regungslos, kaum atmend. Er starrte, als hätte er eine Vision. Das Tier hielt den Kopf gesenkt, aber etwas schräg, so daß die Augen, die seitlich an dem großen Kopf saßen, ihn genau betrachten konnten. Sein riesiges vorstehendes Maul war herabgesenkt, als hänge der Kopf ausgestopft an einer Zimmerwand. Er sah die weit gespreizten Vorderbeine und die abfallende Kurve von den mächtigen Schultern zu den schönen Hinterbeinen und sehnigen Flanken. Es war ein herrlicher Bulle. Die Schaufeln und der Kopf rechtfertigten seine ausschweifendsten Hoffnungen, er war wundervoll, ein Prachtexemplar, und ein paar Worte – wo hatte er sie gehört? – gingen ihm vage, wie aus weiter Ferne, durch den Kopf: »der größte Elch der Welt«.

Doch eines war erstaunlich: er schoß nicht, und er verspürte nicht den Wunsch zu schießen. Die vertraute Regung, die ihm zuvor so stark im Blut lag, blieb aus. Die Begierde, zu töten, war offenbar aus ihm gewichen. Das Gewehr zu erheben, zu zielen, abzudrücken – das war plötzlich völlig unmöglich geworden.

Er bewegte sich nicht. Das Tier und der Mensch starrten einander in die Augen, und wie lange das währte, wußte er nicht abzuschätzen. Dann gab es dicht neben ihm ein leises Geräusch: die Flinte war seinem Griff entglitten und mit dumpfem Aufprall auf die bemooste Erde zu seinen Füßen gestürzt. Und nun bewegte sich zum ersten Mal der Elch. Mit gemächlichem, leichtem Schritt kam er auf ihn zu. Sein großes Gewicht verursachte glucksende Laute, wenn er die Läufe aus dem feuchten Boden zog, und in der mächtigen Schulterpartie schwankte er wie ein Schiff auf See. Er trat an seine Seite, berührte ihn fast, den wundervollen Kopf tief gesenkt. Die Spanne der riesenhaften Schaufeln lag dicht unter Grimwoods Augen. Er hätte sie berühren, darüberstreichen können. Er sah mit einem Anflug von Bedauern, daß aus einer Wunde in der linken Schulter Blut sickerte und das dichte Haar verklebte. Das Tier beschnupperte die Flinte.

Dann hob es Kopf und Schultern wieder und witterte in die

Luft, diesmal mit hörbarem Geräusch, das jäh aus Grimwoods Bewußtsein die letzte Möglichkeit verdrängte, eine Vision oder einen Traum gehabt zu haben. Einen Augenblick schaute ihm der Elch ins Gesicht, die großen braunen Augen glänzend und furchtlos. Dann wandte er sich ruckartig um und sprang leichtfüßig davon, immer schneller über die parkähnlichen Lichtungen, bis er sich schließlich im dunklen Gestrüpp des Unterholzes weit drüben verlor. Und die Muskeln des Engländers wurden zu Papier, seine Lähmung wich, seine Beine verweigerten ihm den Dienst, und er sank schwer zu Boden ...

Nach seinem Empfinden hatte er geschlafen, lange und tief. Er setzte sich auf, reckte sich, gähnte und rieb sich die Augen. Der Abend kam heran. Er spürte, daß er hungrig war. In seinen beutelweiten Taschen hatte er Dörrfleisch, Zucker, Streichhölzer, Tee und den kleinen Kochkessel, von dem er sich nie trennte. Er würde Feuer machen, sich etwas Tee kochen und essen.

Aber er unternahm nichts, um sein Vorhaben zu verwirklichen. Er saß da und dachte, dachte ... Worüber dachte er nach? Er wußte es nicht, er konnte es nicht genau ausdrücken; es waren eher flüchtige Bilder, die ihm durch den Kopf gingen. Wer war er, und wo war er? Hier war das Tal der Tiere, das wußte er, doch über sonst gar nichts war er sich mehr sicher. Wie lange war er hier gewesen, und woher war er gekommen, und wozu? Die Fragen harrten nicht weiter auf Antwort, fast als sei sein Interesse daran nur ein Reflex. Er fühlte sich glücklich, friedvoll, furchtlos.

Er blickte sich um, und der Zauber dieses unberührten Waldes schlug ihn in seinen Bann. Nur der Laut herabstürzenden Wassers und das Murmeln des Windes, der zwischen den unzähligen Zweigen seufzte, unterbrachen die alles einhüllende Stille. Hoch droben, über den Wipfeln der aufragenden Bäume, verblaßte ein wolkenloser Himmel zu durchscheinendem Orange, Opal, Perlmutt. Er sah träg dahinsegelnde Bussarde. Eine scharlachrote Prachtmeise flitzte vorüber. Bald würden die

Eulen zu rufen beginnen, würde die Dunkelheit wie ein sanfter schwarzer Schleier herniedersinken und alle Einzelheiten verwischen, und dazu würden die Sterne zu unzähligen Tausenden funkeln...

Ein Schimmer von etwas Glänzendem auf der Erde fiel ihm auf – ein glattpolierter Metallstab: seine Flinte. Und er sprang impulsiv auf die Füße, wußte aber nicht genau, was er vorhatte. Beim Anblick der Waffe war etwas in ihm jäh zum Leben erwacht, dann wieder verblaßt, erstorben, und nun war es wieder weg.

»Ich bin – ich bin –« begann er vor sich hin zu murmeln, aber er konnte nicht zu Ende bringen, was er sagen wollte. Sein Name war ihm völlig entfallen. »Ich bin im Tal der Tiere«, wiederholte er statt dessen, was er suchte und nicht finden konnte.

Diese Tatsache, daß er im Tal der Tiere war, schien ihm das einzig Sichere, was er wußte. Der Name barg etwas Bekanntes und Vertrautes, obgleich er die Spur, die hierher führte, nicht verfolgen konnte. Doch nun stand er rasch auf, trat ein paar Schritte vor, bückte sich und hob das glänzende Metallding, seine Flinte, auf. Er sah sie prüfend an, und dabei stieg ein Gefühl des Entsetzens und Abscheus in ihm auf. Dann schleuderte er das Ding mit einer zwanghaften Bewegung, die eine ihm unbegreifliche, starke Reaktion enthüllte, weit von sich in den schäumenden Sturzbach.

Er sah das Wasser hoch und weiß aufspritzen. Er sah auch im selben Augenblick einen großen Grizzlybären schwerfällig am Ufer entlangtraben, kein Dutzend Schritte von ihm entfernt. Der Bär hörte das Aufklatschen auch, denn er zuckte zusammen, wandte sich um, verhielt eine Sekunde, änderte dann seine Richtung und kam auf ihn zu. Er kam ganz dicht heran. Sein Pelz strich am Körper des Mannes entlang. Der Bär schaute ihn lässig an, wie es auch der Elch getan hatte, schnupperte, erhob sich halb auf den furchteinflößenden Hinterpranken, öffnete den Rachen, so daß die rote Zunge und

die blitzenden Zähne deutlich sichtbar waren, ließ sich dann wieder auf alle vier Tatzen fallen und trottete flink zum Bachufer zurück. Der Mann hatte den heißen Atem auf seinem Gesicht gespürt, aber keine Furcht empfunden. Das Untier war verwirrt, aber nicht feindselig. Es verschwand.
»Sie wissen nichts von –« er suchte nach dem Wort »Menschen«, konnte es aber nicht finden. »Sie sind niemals gejagt worden.«
Die Worte gingen ihm wieder und wieder durch den Sinn, als sei er sich ihrer Bedeutung vielleicht nicht ganz sicher. Sie stiegen gewissermaßen von selbst in ihm auf; irgendwo lag in ihnen ein vertrauter Klang. Gleichzeitig stiegen Empfindungen in ihm auf, die ebenfalls, obschon auf andere Weise, vertraut und ganz natürlich waren – Empfindungen, die ihm einstmals innig bewußt gewesen, aber längst verdrängt worden waren.
Was waren sie? Woher kamen sie? Sie schienen so fern wie die Sterne, doch sie waren tatsächlich in seinem Leib, in seinem Blut und seinen Nerven, sie staken ihm im Fleisch und hüllten es ein. Lange, lange zuvor... Oh, wie lange her, wie lange? Denken fiel ihm schwer; Fühlen gelang ihm ganz leicht und natürlich. Er konnte nicht lange denken; das Fühlen stieg auf und machte die Mühe rasch zunichte.
Dieser riesenhafte, fürchterliche Bär – kein Nerv, kein Muskel zuckte in Grimwood, als der beißende Tiergeruch ihm in die Nase stieg, der Pelz ihm an den Beinen entlangstreifte. Doch es war ihm bewußt, daß irgendwo Gefahr drohte, wenngleich nicht hier. Irgendwo war Angriff, Feindschaft, waren böse, genaue Pläne gegen ihn gerichtet – wie auch gegen jenes herrliche, umherstreifende Tier, das geschnuppert und geforscht hatte und dann befriedigt seiner Wege gezogen war. Ja, vorsätzlicher Angriff, Feindschaft und bedächtige, grausame Pläne gegen seine Sicherheit, aber – nicht hier. Hier war er geschützt und im Frieden. Hier war er glücklich. Hier konnte er nach Belieben umherschweifen, kein Auge mußte seitwärts

in die Tiefen des Waldes schielen, kein Ohr sich spitzen, um unerklärliche Laute aufzunehmen, keine Nüstern mußten zukken, um Warnung zu wittern. Er fühlte dies, aber er dachte es nicht. Er fühlte sich auch hungrig und durstig.
Irgend etwas drängte ihn nun endlich zum Handeln. Sein Kessel lag vor seinen Füßen, und er hob ihn auf. Die Streichhölzer – er verwahrte sie in einer Metallbüchse, deren Schraubdeckel die Nässe gut abhielt – waren in seiner Hand. Er las ein paar trockene Zweige auf und bückte sich, um sie anzuzünden, doch dann schrak er jäh zurück, mit dem ersten Anflug von Furcht, den er hier empfand.
Feuer! Was war Feuer? Die Vorstellung widerte ihn an, es war unmöglich, er hatte Furcht vor dem Feuer. Er schleuderte die Metallbüchse hinter der Flinte her, sah sie in den letzten Sonnenstrahlen aufblinken und dann mit schwachem Aufklatschen im Wasser versinken. Mit einem Blick auf seinen Kessel wurde ihm nun bewußt, daß er ihn nicht mehr gebrauchen konnte, und auch nicht das trockene, staubige dunkle Zeug, das er in Wasser hatte kochen wollen. Er spürte keinen Widerwillen und erst recht keine Furcht im Zusammenhang mit diesen Dingen, nur konnte er nicht damit umgehen, brauchte sie nicht. Er hatte vergessen, ja, »vergessen«, was sie genau bedeuteten. Dieses seltsame Vergessen nahm rasch in ihm zu, es wurde von Minute zu Minute vollständiger. Doch seinen Durst mußte er löschen.
Im nächsten Augenblick fand er sich am Bachufer. Er bückte sich, um seinen Kessel zu füllen, hielt inne, zögerte, betrachtete das rasch dahinfließende Wasser, und dann ging er plötzlich ein paar Schritte stromaufwärts und ließ den Metallbehälter hinter sich zurück. Er hatte ihn eigenartig unbeholfen angefaßt, mit ungeschickten, ja unnatürlichen Gesten. Nun streckte er sich mit leichter, einfacher Bewegung des ganzen Körpers zu Boden, senkte das Gesicht zu einer ruhigen Stelle im Wasser, die er entdeckt hatte, und trank sich an dem kühlen, erfrischenden Naß satt. Doch – obwohl er es selbst nicht bemerkte

– er trank nicht. Er leckte Wasser mit der Zunge auf.
Dann aß er in noch immer gebückter Haltung Fleisch und Zucker aus seinen Taschen, schlürfte noch mehr Wasser und zog sich wieder ein kleines Stück auf den trockenen Boden unter den Bäumen zurück. Aber diesmal bewegte er sich, ohne sich auf die Füße zu stellen, rollte dann den Körper wohlig zusammen und schloß die Augen, um wieder einzuschlafen ...
Jetzt erhob sich keine einzige Frage mehr in ihm. Er spürte nur noch Behagen und Zufriedenheit ...
Er regte sich, schüttelte sich, öffnete ein Auge halb und sah, wie er es schon im Schlummer wahrgenommen hatte, daß er nicht allein war. In den parkähnlichen Lichtungen vor ihm und auch am überschatteten Saum des Waldes in seinem Rükken waren Laute und Bewegungen, der Laut verstohlener Tritte, die Bewegung zahlloser dunkler Körper. Dort war Tappen und Trotten von Tieren, dort regten sich Rücken, glatte und zottige Geschöpfe in ungeheurer Zahl. Auf diese Scharen fiel der Schein des Halbmonds, der hoch am wolkenlosen Himmel segelte. Der Glanz der Sterne, die in der klaren Nachtluft wie Diamanten funkelten, spiegelte sich in Hunderten rastlos schweifender Augen, die meisten nur wenige Fuß über dem Boden. Das ganze Tal war voller Leben.
Er saß in der Hocke, starrte und starrte, doch in Verwunderung und nicht in Angst, obgleich die vordersten der großen Schar so nahe waren, daß er sie mit ausgestrecktem Arm hätte berühren können. Es war ein unablässig sich regendes und bewegendes Gewimmel, in das er wie gebannt blickte, im blassen Mond- und Sternenschein, der nun langsam der heraufziehenden Morgendämmerung wich. Und der Geruch des Waldes war für ihn in diesem Augenblick nicht süßer als das Duftgemisch – rauh, durchdringend, beißend – dieser bepelzten Schar herrlicher wilder Tiere, die wie ein Meer wogte. Und auch das Leuchten der phosphoreszierenden Sternenaugen war nicht weniger wohltuend und freundlich als das der glückspendenden Lampen, die den Wanderer auf den rechten Pfad, in Sicherheit

und behagliche Räume leiten. Von dem wilden Volk her durchströmte ihn das tiefe Behagen des ganzen Tales, ein Behagen, das die süße Freude der Einladung und den Willkommensgruß zu einer Art magischer Heimkunft in sich vereinigte.
Keine Gedanken stellten sich ein, nur Gefühle stiegen in ihm auf, in einem Ansturm von Verwunderung und Ergebenheit. Er war an dem Platz, der ihm zukam. Seine Natur hatte heimgefunden. In ihm war das dunkle, unbestimmte Begreifen, daß er nach langem fruchtlosem Umherirren andernorts, wo unzuträgliche Umstände ihn zu unnatürlichem und daher verabscheuenswertem Verhalten gezwungen hatten, zu guter Letzt dorthin zurückgekehrt war, wohin er gehörte. Hier, im Tal der Tiere, hatte er Frieden, Sicherheit und Glückseligkeit gefunden. Er würde sein – er war es schon: er selbst.
Er beobachtete die Heerschar der Tiere; sie waren nun überall, rings um ihn her. Er hockte inmitten eines rastlos sich bewegenden Kreises wilden Waldlebens. Er sah große Wölfe kommen und gehen, mit weit ausgreifendem Schritt und in anmutigem Lauf trabten sie an ihm vorüber, die roten Zungen heraushängend; zu Hunderten drängten sie sich vorbei. Weiter hinten, doch unbekümmert mitten unter den Wölfen, wimmelten die riesenhaften Grizzlys. Sie tanzten und sprangen, manchmal reckten sie sich hoch und standen halb aufrecht, sie waren wunderschön in ihrer Körperfülle und Kraft. Sie trotteten so nahe an ihm vorüber, daß er sie hätte berühren können. Und mit ihnen kamen Schwarz- und Braunbären, Bären ohne Zahl, riesenhafte und kleine Ungeheuer, eine herrliche Vielzahl. Ganz hinten sammelte sich der gewaltige Stamm des Hochwildes in großen, dichten Gruppen unter dem sternenhellen Himmel. Elche und Karibus sah er, die mächtigen Wapitis und das zierliche Rotwild zu dichtgedrängten Tausenden. Er hörte den Klang zusammenprallender Gehörne, das Traben unzähliger Hufe, hin und wieder ein Getrampel auf der Erde, wenn die größeren Tiere sich mehr Platz zu verschaffen trachteten. Einen Wolf sah er behutsam einem großen Elchbullen die

Schulter, die verletzt war, lecken. Und die Flut wich, drängte sich wieder herzu, stieg und fiel wie ein bewegtes Meer, dessen Wellen Tierleiber waren, die Bewohner des Tals der Tiere. Unter dem stillen Mondschein wogten sie vor ihm hin und her. Sie beäugten ihn, kannten ihn, erkannten ihn wieder. Sie hießen ihn willkommen.
Auch eine Welt kleinerer Lebewesen nahm er wahr, die eine Tiefsee bildete oder besser zahlreiche Unterströmungen, die zwischen den hohen aufrechten Beinen der größeren Geschöpfe ein- und ausliefen. Und auch in dieser kleineren Welt fühlte er sich heimisch.
Wie lange er saß und schaute, zutiefst glücklich, sicher, zufrieden, natürlich, das konnte er nicht sagen. Doch es war lange genug für das Verlangen, sich mit dem, was er sah, zu vereinigen, eine engere Verbindung zu spüren, mit ihnen allen eins zu werden – lange genug für das Drängen dieses tiefen, blinden Verlangens, so daß er sich schließlich von seinem Sitz auf dem Moos auf sie zu bewegte – sich bewegte wie sie, nicht aufrecht auf zwei Beinen.
Der Mond stand jetzt tiefer und sank gerade hinter eine hoch aufragende Zeder, deren verzweigter Gipfel sein Licht zu silbernen Funken brach.
Er hielt inne und sah sich um, während er langsam vorwärtskam, und er bemerkte, daß die Horde ihre Reihen bereits öffnete und daß der Bär vorn gar die Erde beschnüffelte, als solle er den für ihn am leichtesten gangbaren Weg gewiesen bekommen. Dann sprang plötzlich ein Luchs an ihm vorbei in die niedrigen Äste einer Hemlocktanne, und er hob den Kopf, um die vollendet ausgewogene Haltung des Tieres zu bewundern. Im gleichen Augenblick sah er die Ankunft der Vögel, das Heer der Adler, Habichte und Bussarde – das Auffliegen nach dem Erwachen, das der Morgendämmerung unmittelbar vorangeht.
Er schrak auf. Er erhob sich halb zur aufrechten Stellung. Er wußte nicht, warum er dies tat, wußte nicht genau, weshalb

er aufgeschreckt war. Aber beim Versuch, sein neues – und wie ihm nun schien, ungewohntes Gleichgewicht wiederzufinden, sank ihm die eine Hand herab und berührte ein hartes gerades Ding, das in seiner Kleidung stak.
Er zog es heraus und betastete es überall mit den Fingern. Es war ein kleiner Stab. Er hielt ihn sich näher vor die Augen, betrachtete ihn in dem nun rasch sich aufhellenden Morgenlicht, erinnerte sich, oder ahnte dunkel, was es war – und stand stockstill.
»Der Totemstab«, murmelte er vor sich hin, doch hörbar. Zum ersten Mal, seit er das Tal betreten hatte, fand er seine Sprache wieder, und er fand noch etwas – einen Funken spähender Erinnerung.
Erschrecken durchlief wie Feuer seinen Körper. Er richtete sich auf und war sich dessen bewußt, daß er noch einen Augenblick zuvor auf Händen und Knien gekrochen war. Es war, als zerspringe etwas in seinem Gehirn, lüfte einen Schleier, stoße eine Klappe auf. Und die Erinnerung spähte entsetzlich durch die sich weitende Lücke.
»Ich bin – ich bin Grimwood«, brachte er hervor, doch fast noch stimmlos. »Tooshalli hat mich verlassen. Ich bin allein...!«
Er bemerkte eine jähe Veränderung bei den ihn umgebenden Tieren. Ein großer grauer Wolf saß drei Fuß von ihm entfernt und starrte ihm ins Gesicht. Zu seiner Seite schwankte ein riesenhafter Grizzly von einem Fuß auf den anderen. Hinter dem Bären, als schaue es ihm über die Schulter, stand hoch aufgerichtet ein ungeheures Wapiti. Aber der Tagesanbruch stand bevor, und die Sonne war schon dicht unter dem Horizont. Er sah nun alles ganz genau und scharf. Der große Bär erhob sich, balancierte einen Augenblick lang auf seinen massigen Hinterpranken und machte dann einen Schritt auf ihn zu, die Vordertatzen wie Arme ausgebreitet. Ein gewaltiger Elchbulle, der seine Schaufeln wie zum Angriff senkte, trat hinzu. Eine plötzliche Erregung lief wie ein Zittern über die

ganze Herde hin. Die Scharen weiter hinten bewegten sich in neuer, unbehaglicher Weise. Tausende von Häuptern waren erhoben, Ohren waren gespitzt, ein Wald von Mäulern mit Nüstern war in den Wind gerichtet.

Und der Engländer, plötzlich außer sich vor höchstem Entsetzen, das kein Entrinnen sah, erstarrte und stand unbeweglich. Das Fürchterliche seiner Lage versteinerte ihn. Reglos und stumm sah er dem schrecklichen Heer seiner Feinde ins Auge, während das weiße Licht des anbrechenden Tages neues Grausen enthüllte – die Vorbereitung zu seinem Tod im Tal der Tiere.

Über ihm kauerte der furchtbare Luchs, sprungbereit für den Augenblick, da der Mann im Baum Sicherheit suchen würde. Und noch weiter oben sah er tausend stählerne Krallen, grimmige eiserne Hakenschnäbel und den zornigen Schlag ungeheuerlicher Flügel.

Er drehte sich taumelnd, denn der Grizzly berührte seinen Körper mit der ausgestreckten Pranke; der Wolf kauerte gerade vor dem todbringenden Ansprung am Boden. In der nächsten Sekunde wäre er in Stücke gerissen, zermalmt, verschlungen worden. Doch da lockerte das Entsetzen, dem Naturgesetz gehorchend, die Muskeln seiner Kehle und Zunge. Er schrie, wie er glaubte, mit seinem letzten Atemzug auf Erden. Es war ein Anruf jeglichen Gottes, der da sein mochte, ein qualvoller Hilfeschrei zum Himmel.

»Ishtot! Großer Ishtot, hilf mir!« erschallte seine Stimme, während seine Hand noch immer den vergessenen Totemstab umklammerte. Und der Himmel der Indianer erhörte ihn.

Im selben Augenblick wurde Grimwood einer Gestalt gewahr, die ihn, wäre nicht das Entsetzen vor den Tieren gewesen, bis zur Ohnmacht erschreckt haben müßte. Ein gigantischer Indianer stand ihm gegenüber. Doch während die Gestalt dicht vor ihm aufragte, wobei sie die Vögel stillsitzen und die wilden Tiere ruhig an ihrem Platz kauern ließ, erhob sie sich gleichzeitig aus großer Ferne. Sie schien das ganze Tal mit ihrem

Einfluß, ihrer Macht, ihrer bestaunenswerten Majestät zu füllen. Auf eine Weise, die er nicht begriff, schloß die gewaltige Erscheinung auch das ganze Tal selbst mit all seinen Bäumen, seinen rieselnden Bächen, seinen Lichtungen und seinen felsigen Hügeln ein. Sie alle zeichneten, wie es ihm vorkam, den Umriß einer übermenschlichen Gestalt. Da war ein mächtiger Bogen, da war ein Köcher mit riesenhaften Pfeilen, und da war der Indianer, dem dies gehörte.

Doch die Erscheinung, der Umriß, auch Gesicht und Körper – all dies *war* das Tal; und als sich die Stimme hören ließ, da war es das Tal selbst, das die schrecklichen Worte sprach. Es war die Stimme der Bäume und des Windes, des fließenden, herabstürzenden Wassers, die im Tal der Tiere das Echo weckte, als gerade in diesem Augenblick über dem Berggrat die Sonne aufging und die Umgebung wie auch den Umriß der majestätischen Gestalt mit einer Flut betäubenden Lichts erhellte:

»Du hast in diesem meinem Tal Blut vergossen... *Ich werde dich nicht retten...!*«

Die Gestalt verschwamm gegen den sonnenerleuchteten Wald und verschmolz mit dem neugeborenen Tag. Und Grimwood sah dicht vor seinem Gesicht die blitzenden Zähne, heißer stinkender Atem wehte über seine Wangen, eine Kraft umschlang seinen Leib, als werde er von einem Berg erdrückt. Er schloß die Augen. Er stürzte. Ein scharfer knallender Laut ging ihm durch den Kopf, doch er, schon bewußtlos, hörte ihn nicht mehr.

Seine Augen öffneten sich wieder, und das erste, was sie sahen, war – Feuer. Instinktiv schrak er zurück.

»Es ist gut, alter Junge. Wir bringen Sie schon durch. Kein Grund zur Sorge.« Er sah Iredales Gesicht, das in das seine herunterblickte. Und hinter Iredale stand Tooshalli. Sein Gesicht war geschwollen. Grimwood entsann sich des Schlages. Der große Mann begann zu weinen.

»Schmerzt noch, wie?« sagte Iredale mitfühlend. »Hier, trinken

Sie etwas davon. Das bringt Sie im Nu wieder auf die Beine.«
Grimwood schluckte den Alkohol hinunter. Er gab sich heftig Mühe, sich zu beherrschen, war aber unfähig, die Tränen zurückzuhalten. Er spürte keine Schmerzen. Es war sein Herz, das schmerzte, obwohl er nicht wußte, warum oder wonach.
»Ich bin ganz zerschlagen«, murmelte er, beschämt und auch wieder nicht beschämt. »Völlig mit den Nerven herunter. Was war denn passiert?« Er hatte keine Erinnerung.
»Ein Bär hat Sie umschlungen, alter Freund. Aber nichts ist gebrochen. Tooshalli hat Sie gerettet. Er hat genau zur rechten Zeit geschossen – ein mutiger Schuß, denn er hätte ebenso gut Sie statt der Bestie treffen können.«
»Die andere Bestie«, flüsterte Grimwood, als der Whisky bei ihm wirkte und sein Gedächtnis langsam zurückkehrte.
Er sah einen See, ans Ufer gezogene Kanus, zwei Zelte und umhergehende Gestalten. Iredale erklärte ihm kurz alles und ließ ihn dann noch ein wenig schlafen. Tooshalli hatte, offenbar nach rastlosem Lauf, vierundzwanzig Stunden nach seinem Weggang von Grimwood Iredales Lager erreicht. Er fand es verlassen, da Iredale und sein Indianer auf der Jagd waren. Als sie bei Einbruch der Nacht zurückkehrten, hatte er seine Anwesenheit auf seine knappe eingeborene Art erklärt: »Er mich geschlagen und ich gehe. Er nun jagt allein in Ishtots Tal der Tiere. Er tot, ich glaube.«
Iredale und sein Führer machten sich sofort auf und ließen sich von Tooshalli leiten, aber Grimwood hatte eine beträchtliche Entfernung zurückgelegt, obschon mit leicht auffindbarer Spur. Die Elchfährte und das Blut führten sie. Und plötzlich stießen sie auf ihn – in der Umklammerung eines riesigen Bären. Tooshalli gab den Schuß ab.
Der Indianer führt jetzt ein sorgenfreies Leben, er bekommt immer alles, was er braucht, und Grimwood, nunmehr sein Wohltäter und nicht länger sein Arbeitgeber, hat die Jagd aufgegeben. Er ist ein ruhiger, fast sanftmütiger Mensch mit angenehmem Wesen, und die Leute wundern sich manchmal,

warum er nicht geheiratet hat. »Genau der Mann, der einen herzensguten Vater abgäbe«, sagen sie; »so freundlich, gutmütig und liebenswürdig.« Über dem Kamin hängt ein Totemstab. Grimwood sagt davon, er habe seine Seele gerettet, doch was er mit diesen Worten meint, hat er nie so richtig erklärt.

Die obere Koje

F. Marion Crawford

I

Jemand bat um die Zigarren. Wir hatten lange geredet, und die Unterhaltung begann zu erlahmen. Der Tabakrauch hatte sich in die schweren Vorhänge gesetzt, und wenn nun nicht irgendjemand etwas tat, um unsere dumpfe Stimmung zu heben, so würde – das merkte bereits jeder – die Geselligkeit bald zu ihrem naturgemäßen Ende kommen, und wir, die Gäste, würden eilends in unser Bett gehen. Niemand hatte etwas so recht Bemerkenswertes gesagt; möglicherweise hatte niemand etwas so recht Bemerkenswertes zu sagen. Jones hatte uns in allen Einzelheiten von seinem letzten Jagdabenteuer in Yorkshire berichtet. Mr. Tompkins aus Boston hatte besonders hingegeben die Erfordernisse pflichtgetreuer und sorgsamer Wartung erörtert, dank derer die Eisenbahnlinie Atchinson-Topeka-Santa Fé nicht nur dauernd an Boden gewann, sondern auch seit Jahren bei den Reisenden mit Erfolg den Irrglauben förderte, die besagte Gesellschaft sei tatsächlich in der Lage, Menschenleben ohne tödliche Bedrohung zu befördern.

Noch ausführlicher zu werden, ist hier nicht vonnöten. Wir hatten seit Stunden bei Tisch gesessen, wir langweilten uns, wir waren müde, und niemand machte Anstalten, sich zu regen. Jemand verlangte laut nach den Zigarren. Wir alle sahen instinktiv den Sprecher an. Brisbane war ein Mann von fünfunddreißig Jahren und wies jene beachtenswerten Gaben auf, wie sie insbesondere Männern auffallen. Er war ein starker Mann. Die äußeren Merkmale seines Körperbaus fielen nicht besonders ins Auge, obwohl er überdurchschnittlich groß war. Er maß etwas mehr als sechs Fuß und war mäßig breit in den

Schultern. Er wirkte nicht stämmig, war aber andererseits alles andere als mager. Sein kleiner Kopf saß auf einem starken, sehnigen Hals; seinen breiten, muskulösen Händen eignete sichtlich die besondere Geschicklichkeit, Walnüsse ohne Zuhilfenahme eines normalen Nußknackers zu öffnen. Und betrachtete man ihn im Profil, so mußte einem der außergewöhnliche Umfang seiner Ärmel und die ungewohnte Stärke seines Brustkorbs auffallen. Er war einer jener Männer, wie sie Männer unter sich gewöhnlich »täuschend« nennen; das heißt, daß er trotz seines übermäßig kräftigen Aussehens in Wahrheit noch viel stärker war, als er aussah. Über seine Gesichtszüge brauche ich nur wenig zu sagen. Sein Kopf ist klein, sein Haar dünn, seine Augen sind blau, seine Nase ist groß, er hat einen kleinen Schnurrbart und einen eckigen Unterkiefer. Jedermann kennt Brisbane, und als er um eine Zigarre bat, schauten alle auf ihn.

»Es ist eine ganz eigenartige Sache«, sagte Brisbane.

Alle hörten auf zu reden. Brisbanes Stimme war nicht laut, besaß aber die besondere Fähigkeit, in eine normale Unterhaltung einzudringen und sie wie ein Messer abzuschneiden. Alle horchten auf. Brisbane, der bemerkte, daß er die allgemeine Aufmerksamkeit auf seiner Seite hatte, entzündete seine Zigarre mit großem Gleichmut.

»Es ist ganz eigenartig«, fuhr er fort, »die Sache mit Geistern. Die Leute fragen dauernd, ob schon jemand einen Geist gesehen hat. Ich kann sagen: ja.«

»Nein! Was, Sie? Das ist doch nicht Ihr Ernst, Brisbane? Na, und das bei einem Mann von Ihrer Intelligenz!«

Vielstimmige Ausrufe folgten auf Brisbanes bemerkenswerte Feststellung. Alle riefen nach Zigaretten, und Stubbs, der Butler, tauchte plötzlich aus ungeahnten Tiefen mit einer neuen Flasche trockenen Champagners auf. Die Lage war gerettet; Brisbane würde eine Geschichte erzählen.

»Ich bin ein alter Seefahrer«, sagte Brisbane, »und da ich den Atlantik recht oft überqueren muß, habe ich dafür meine

Favoriten. Ich habe es mir angewöhnt, auf bestimmte Schiffe zu warten, wenn ich unseren Ententeich überqueren muß. Es mag eine vorgefaßte Meinung sein, aber erst einmal in meinem Leben hat mich das um eine gute Überfahrt gebracht. Ich erinnere mich sehr gut daran. Es war im Juni, und die »Kamtschatka« war eines meiner bevorzugten Schiffe. Ich sage »war«, denn sie ist es ganz gewiß nicht mehr. Ich kann mir keinen Anlaß vorstellen, der mich dazu brächte, mit ihr nochmals eine Reise zu machen. Ja, ich weiß, was Sie sagen werden. Sie läuft achtern ungewöhnlich ruhig, sie ist gut gebaut und immer trocken, und die unteren Kojen sind meistens doppelt breit. Sie hat eine ganze Reihe von Vorzügen, aber ich fahre mit ihr nicht mehr hinüber. Doch entschuldigen Sie die Abschweifung. Ich ging an Bord. Ich winkte einen Steward heran, dessen rote Nase und roter Schnurrbart mir beide noch vertraut waren.

»Einhundertfünf, untere Koje«, sagte ich in geschäftsmäßigem Ton.

Der Steward nahm mir Koffer, Mantel und Decke ab. Seinen Gesichtsausdruck werde ich niemals vergessen. Nicht daß er blaß geworden wäre. Aber aus seinem Ausdruck schloß ich, daß er entweder gleich in Tränen ausbrechen oder niesen oder meinen Koffer fallen lassen würde. Da der letztere zwei Flaschen besonders guten alten Sherry enthielt, die ich von meinem alten Freund Snigginson van Pickyns für die Reise geschenkt bekommen hatte, war ich äußerst besorgt. Aber der Steward tat nichts von alledem.

»Na, dann gute Nacht!« sagte er mit leiser Stimme und ging voran.

Als mich der Steward in die unteren Regionen führte, nahm ich an, er habe einen kleinen Grog zu sich genommen, aber ich sagte nichts und folgte ihm. Einhundertfünf war auf der Backbordseite, ziemlich weit hinten. An der Kabine war nichts Besonderes. Die untere Koje war, wie meistens bei jenen der »Kamtschatka«, doppelt breit. Die Kabine war sehr geräumig.

Es gab die übliche Waschvorrichtung, die üblichen unpraktischen Regale aus braunem Holz, worin sich leichter ein großer Regenschirm als eine normale Zahnbürste aufhängen ließ. Auf den wenig einladenden Matratzen lagen sorgsam zusammengefaltet die Wolldecken, die ein großer moderner Humorist sehr zutreffend mit kalten Buchweizen-Pfannkuchen verglichen hat. Handtücher existierten nur in der Phantasie. Die Glaskaraffen waren mit einer klaren, schwach bräunlich gefärbten Flüssigkeit gefüllt, von der einem ein noch schwächerer, aber deshalb nicht angenehmerer Geruch in die Nase stieg, ähnlich einer Erinnerung von ferne an Seekrankheit und ölige Maschinen. Trüb-mißfarbene Vorhänge verdeckten halb die obere Koje. Das verhangene Licht des Junitages beleuchtete die öde kleine Szene. Pfui, wie ich diese Kabine hasse!

Der Steward setzte mein Gepäck nieder und sah mich an, als wolle er weggehen – vermutlich auf der Suche nach mehr Passagieren und mehr Trinkgeld. Es erweist sich immer als vorteilhaft, sich mit diesen Bediensteten gleich zu Anfang gut zu stellen, und dementsprechend gab ich ihm jetzt gleich mehrere Geldstücke.

»Ich werd' bestimmt versuchen, es Ihnen hier gemütlich zu machen«, bemerkte er, als er die Münzen einsteckte. Doch er sagte das mit so eigenartiger Betonung, daß ich überrascht war. Möglicherweise war sein Trinkgeldanspruch gestiegen und er nicht zufrieden. Aber eigentlich neigte ich eher dazu, daß er, wie er es selbst ausgedrückt haben würde, »zu tief ins Glas geschaut hatte«. Doch da irrte ich mich und tat dem Mann Unrecht.

II

Während des Tages ereignete sich nichts besonders Erwähnenswertes. Wir verließen den Pier pünktlich, und es war sehr angenehm, gute Fahrt zu machen, denn das Wetter war warm und schwül, und durch die Bewegung des Dampfers entstand eine erfrischende Brise.

Jedermann weiß, wie der erste Tag einer Seereise verläuft. Die Leute gehen an Deck auf und ab und starren einander an, und gelegentlich treffen sie Bekannte, von denen sie nicht wußten, daß sie auch an Bord sind. Man weiß wie üblich nicht, ob das Essen gut, schlecht oder mittelmäßig ist, bis die beiden ersten Mahlzeiten die Zweifel beseitigt haben. Man weiß wie üblich nicht, wie das Wetter wird, bis das Schiff weit vor Fire Island hinaus gelangt ist. Die Tische sind erst stark umdrängt, dann plötzlich schwächer besetzt. Bleichgesichtige Leute springen von ihren Sitzen auf und stürzen zur Tür, und jeder alte Seefahrer atmet auf, sobald der seekranke Nachbar zu seiner Seite forteilt und ihm viel Ellbogenfreiheit sowie unbegrenzte Verfügung über den Senf läßt.

Atlantiküberquerungen ähneln einander sehr stark, und wir, die wir oft diese Reise machen, tun das nicht um des neuen Erlebnisses willen. Wale und Eisberge sind natürlich immer interessant zu beobachten, aber ein Wal ist schließlich doch nicht viel anders als ein anderer, und einen Eisberg bekommt man nur selten aus der Nähe zu sehen. Für die meisten von uns ist der köstlichste Augenblick an Bord eines Ozeandampfers derjenige, wenn wir unsere letzte Runde übers Deck gegangen sind, unsere letzte Zigarre geraucht und uns müde genug gemacht haben, um nun jederzeit guten Gewissens zur Ruhe gehen zu können. An jenem ersten Abend der Reise fühlte ich mich besonders schläfrig und ging in Nummer einhundertfünf wesentlich früher zu Bett, als ich es normalerweise tue. Als ich in die Kabine trat, war ich erstaunt, einen Reisegefährten zu haben. Ein Koffer, dem meinen ganz ähnlich, stand in der Ecke gegenüber, und in der oberen Koje war eine säuberlich zusammengefaltete Decke mit Stock und Schirm niedergelegt worden.

Ich hatte gehofft, allein zu sein, und war enttäuscht, aber ich war neugierig, wer mein Kabinengefährte sein würde, und ich beschloß, ihn mir anzusehen.

Noch ehe ich lange im Bett lag, trat er ein. Er war, soviel

ich sehen konnte, ein sehr großer Mann, sehr mager, sehr blaß, mit sandfarbenem Haar, einem Backenbart und stumpfen grauen Augen. Er wirkte, wie ich fand, recht zweifelhaft; die Art Mann, die man in der Wall Street antreffen kann, ohne sich genau sagen zu können, was er da trieb. Eine Spur zu gut gekleidet – eine Spur eigenartig. Auf jedem Überseedampfer gibt es drei oder vier seiner Art. Ich entschied, daß ich keinen Wert auf seine Bekanntschaft legte, und beim Einschlafen nahm ich mir vor, seine Gewohnheiten auszukundschaften, damit ich ihm aus dem Weg gehen konnte. Sollte er früh aufstehen, dann würde ich spät aufstehen; sollte er spät zu Bett gehen, so würde ich früh zu Bett gehen. Ich hatte keine Lust, ihn kennenzulernen. Wenn man Leute dieser Art erst einmal kennt, wird man sie nicht mehr los. Armer Kerl! Ich hätte mir die Mühe sparen können, mich so gründlich mit ihm zu beschäftigen, denn nach jener ersten Nacht in Nummer einhundertfünf sah ich ihn nie wieder.

Ich lag in tiefem Schlaf, als ich jäh durch ein lautes Geräusch geweckt wurde. Es hörte sich an, als sei mein Reisegefährte mit einem einzigen Satz aus der oberen Koje auf den Fußboden gesprungen. Ich hörte ihn am Türgriff umhertasten, die Tür ging sogleich auf, und dann hörte ich seine Schritte, wie er sehr schnell den Gang entlanglief. Die Tür hatte er hinter sich offen gelassen. Das Schiff schlingerte leicht, und ich erwartete, ihn stolpern oder fallen zu hören, aber er lief, als laufe er um sein Leben. Die Tür schwang mit der Bewegung des Schiffs in den Angeln, und das Geräusch war mir zuwider. Ich stand auf und schloß sie und tastete mich im Finstern zu meiner Koje zurück. Dann schlief ich wieder ein, aber ich habe keine Ahnung, wie lange ich schlief.

Als ich erwachte, war es noch immer ganz dunkel, aber ich spürte eine unangenehme Kälte, und es war mir, als sei die Luft feucht und muffig. Sie kennen den eigenartigen Geruch einer Kabine, die einmal mit Seewasser durchtränkt war. Ich deckte mich zu, so gut ich konnte, und döste wieder ein, wobei ich mir die Beschwerden zurechtlegte, die ich am nächsten Tag vorbringen würde. Ich konnte hören, wie mein Kabinengenosse in der oberen Koje sich umdrehte. Vermutlich war er zurückgekommen, während ich schlief. Einmal glaubte ich, ihn stöhnen zu hören, und ich schloß daraus, er sei seekrank. Das ist besonders unangenehm, wenn man selbst unten liegt. Dennoch schlummerte ich wieder ein und schlief bis zum frühen Morgenlicht.

Das Schiff schlingerte stark, viel stärker als am Abend zuvor, und das graue Licht, das durch das Bullauge eindrang, wechselte seine Tönung mit jeder Bewegung, je nachdem, ob die Schräglage der Schiffswand das Glas zum Meeresspiegel oder zum Himmel hin neigte.

Es war sehr kalt – ganz unerklärlich für Juni. Ich wandte den Kopf und schaute zum Bullauge hinüber und sah zu meiner Überraschung, daß es weit offen und in dieser Stellung eingehakt war. Ich stand auf und schloß es. Beim Umdrehen fiel mein Blick auf die obere Koje. Die Vorhänge waren dicht zugezogen; meinem Gefährten war vermutlich ebenso kalt geworden wie mir. Ich merkte, daß ich ausgeschlafen hatte. Es war ungemütlich in der Kabine, obgleich ich seltsamerweise die Feuchtigkeit, die mich in der Nacht gestört hatte, jetzt nicht riechen konnte. Mein Gefährte schlief noch – ausgezeichnete Gelegenheit, ein Zusammentreffen zu vermeiden. Also kleidete ich mich rasch an und ging an Deck. Der Tag war warm und wolkig, mit einem öligen Geruch über dem Wasser. Es war sieben Uhr, als ich ins Freie kam – viel später, als ich geglaubt hatte. Ich begegnete dem Arzt, der seine ersten Atemzüge in der Morgenluft tat. Er war ein junger Mann aus Westirland – ein riesenhafter Bursche mit schwarzem Haar und blauen Augen, schon mit einer Neigung zum Fettansatz; er hatte etwas Unbekümmertes, Kerngesundes an sich, das recht sympathisch wirkte.

»Schöner Morgen«, bemerkte ich als Gesprächsbeginn.

»Na«, sagte er, wobei er mich mit lebhaftem Interesse anschaute, »es ist ein schöner Morgen und auch wieder nicht. Ich finde, mit diesem Morgen ist nicht viel los.«

»Nun ja – so sehr schön ist es nicht«, sagte ich.

»Ein solches Wetter nenne ich ausgesprochen stickig«, erwiderte der Doktor.

»Heute nacht fand ich es sehr kalt«, bemerkte ich. »Aber als ich mich umschaute, stand das Bullauge weit offen. Das hatte ich beim Zubettgehen nicht bemerkt. Und feucht war es in der Kabine auch.«

»Feucht!« sagte er. »Wo sind Sie untergebracht?«

»In einhundertfünf – «

Zu meiner Überraschung zuckte der Arzt merklich zusammen und starrte mich an.

»Was ist denn?« fragte ich.

»Oh – nichts«, antwortete er; »nur daß sich bei den letzten drei Überfahrten jeder über diese Kabine beschwert hat.«

»Ich werde mich auch beschweren«, sagte ich. »Sie ist einfach nicht richtig gelüftet worden. Es ist eine Schande!«

»Ich glaube nicht, daß man daran etwas ändern kann«, sagte der Doktor. »Ich glaube, da gibt es etwas – nun, es steht mir nicht zu, Passagieren Angst zu machen.«

»Sie brauchen nicht zu befürchten, mir Angst zu machen«, entgegnete ich. »Ich bin gegen Feuchte überhaupt nicht empfindlich. Sollte ich mich erkälten, so komme ich zu Ihnen.«

Ich bot dem Arzt eine Zigarre an, die er nahm und sehr kritisch musterte.

»Es ist eigentlich nicht die Feuchte«, bemerkte er. »Aber ich meine, Sie werden gut zurechtkommen. Haben Sie einen Mitreisenden bei sich?«

»Ja, einen ungehobelten Kerl, der mitten in der Nacht wegläuft und die Tür offen läßt.«

Wieder sah mich der Doktor seltsam an. Dann zündete er sich die Zigarre an und machte ein ernstes Gesicht.

»Ist er zurückgekommen?« fragte er unvermittelt.

»Ja. Ich hatte geschlafen, aber ich wachte auf und hörte, wie

er sich bewegte. Dann wurde mir kalt, und ich schlief wieder ein. Heute früh fand ich dann das Bullauge offen.«
»Hören Sie«, sagte der Arzt ganz ruhig, »ich gebe nicht viel auf dieses Schiff. Sein Ansehen kümmert mich keinen Pfifferling. Ich sage Ihnen, was ich vorhabe. Ich habe hier oben einen recht großen Raum. Ich teile ihn gern mit Ihnen, auch wenn ich Sie nicht schon seit Urzeiten kenne.«
Über diesen Vorschlag war ich sehr überrascht. Ich konnte mir nicht vorstellen, warum er so unvermitteltes Interesse an meinem Wohlergehen an den Tag legen sollte. Aber die Art, wie er über das Schiff sprach, war sonderbar.
»Das ist sehr freundlich von Ihnen, Doktor«, sagte ich. »Aber ich finde nach wie vor, daß man die Kabine lüften und gründlich reinigen könnte – irgend etwas ließe sich tun. Warum machen Sie das Schiff so schlecht?«
»In unserem Beruf ist man nicht abergläubisch, Sir«, entgegnete der Arzt. »Aber auf See wird man es. Ich möchte Sie nicht beeinflussen, und ich möchte Sie nicht ängstigen, aber wenn Sie auf meinen Rat hören wollen, so ziehen Sie zu mir. Ich könnte mir ebenso gut vorstellen, daß Sie über Bord gehen«, setzte er hinzu, »als daß Sie oder sonst jemand in Nummer einhundertfünf schlafen.«
»Du lieber Himmel! Warum?« fragte ich.
»Weil eben auf den letzten drei Überfahrten die Leute, die dort schliefen, tatsächlich über Bord gegangen sind«, antwortete er ernst.
Diese Mitteilung war erschreckend und äußerst unangenehm, muß ich bekennen. Ich blickte den Arzt scharf an, um zu sehen, ob er sich einen Scherz mit mir erlaube, aber es schien ihm völlig ernst zu sein. Ich dankte ihm herzlich für sein Anerbieten, sagte ihm aber, ich gedächte die Ausnahme von der Regel zu sein, daß jeder, der in eben dieser Kabine schlafe, über Bord gehe. Er sagte nicht viel, sah aber so ernst drein wie immer, und er meinte andeutungsweise, daß ich noch vor dem Ende der Überfahrt seinen Vorschlag wahrscheinlich

nochmals überdenken werde. Daraufhin gingen wir zum Frühstück, wozu sich nur eine sehr geringe Anzahl Passagiere einfand. Mir fiel auf, daß der eine oder andere der Offiziere, die mit uns frühstückten, ernst aussah. Nach dem Frühstück ging ich in meine Kabine, um ein Buch zu holen. Die Vorhänge der oberen Koje waren noch immer dicht zugezogen. Kein Wort war zu hören. Vermutlich schlief mein Reisegefährte noch.

Als ich hinaustrat, traf ich den Steward, der sich um mich zu kümmern hatte. Er flüsterte mir zu, der Kapitän wolle mich sprechen, und schlurfte dann behende den Gang entlang, als sei er ängstlich bemüht, jeder Frage aus dem Weg zu gehen. Ich ging zur Kapitänskajüte, wo ich schon erwartet wurde. »Sir«, sagte der Kapitän, »ich möchte Sie um einen Gefallen bitten.«

Ich erwiderte, ich wolle alles tun, um ihm entgegenzukommen. »Ihr Kabinengenosse ist verschwunden«, sagte er. »Man weiß, daß er gestern abend früh zu Bett ging. Ist Ihnen an seinem Verhalten etwas Außergewöhnliches aufgefallen?«

Diese Frage, die tatsächlich zur exakten Bekräftigung der von dem Arzt eine halbe Stunde zuvor geäußerten Befürchtungen diente, erschütterte mich.

»Sie wollen doch damit nicht sagen, daß er über Bord gegangen ist?« fragte ich.

»Ich befürchte es«, antwortete der Kapitän.

»Das ist doch das Sonderbarste – « fing ich an.

»Wieso?« fragte er.

»Dann ist er also der Vierte?« rief ich. Als Antwort auf eine erneute Frage des Kapitäns erklärte ich, ohne den Arzt zu erwähnen, ich hätte die Geschichte über Nummer einhundertfünf gehört. Als er hörte, daß ich davon wußte, wirkte er sehr verärgert. Ich berichtete ihm, was in der Nacht vorgefallen war.

»Was Sie sagen«, entgegnete er, »entspricht fast haargenau dem, was mir die Kabinengenossen von zweien der drei ande-

ren erzählten. Sie springen urplötzlich aus dem Bett und laufen den Gang entlang. Zwei von ihnen sah die Wache über Bord gehen; wir stoppten und ließen Boote herunter, aber sie waren nicht zu finden. Doch niemand sah oder hörte den Mann, der gestern nacht verschwunden ist – wenn er es tatsächlich ist. Der Steward, möglicherweise ein abergläubischer Bursche, der ein Unglück geradezu erwartete, wollte heute früh nach ihm sehen und fand seine Koje leer, aber seine Kleider lagen noch so herum, wie er sie hinterlassen hatte. Der Steward war der einzige Mann an Bord, der ihn vom Sehen kannte, und er hat ihn daraufhin überall gesucht. Er ist und bleibt verschwunden! Doch nun möchte ich Sie, Sir, darum bitten, diesen Umstand keinem der Passagiere gegenüber zu erwähnen; ich wünsche nicht, daß das Schiff in Verruf kommt, und nichts hängt einem Überseedampfer mehr an als Geschichten von Selbstmördern. Sie können sich für den Rest der Überfahrt nach Ihrem Belieben eine Offizierskajüte, auch meine eigene, aussuchen. Ist das ein faires Abkommen?«
»Durchaus«, sagte ich, »und ich bin Ihnen sehr zu Dank verbunden. Aber da ich allein bin und die Kabine für mich habe, möchte ich lieber nicht umziehen. Wenn der Steward die Sachen dieses unglückseligen Mannes herausholen kann, würde ich am liebsten bleiben, wo ich bin. Ich werde nichts über die Angelegenheit sagen, und ich glaube, ich kann Ihnen versprechen, daß ich es meinem Kabinengenossen nicht gleichtun werde.«
Der Kapitän versuchte mich von meinem Vorhaben abzubringen, aber ich zog es vor, eine Kabine allein zu bewohnen statt mit irgendeinem Offizier an Bord auf engstem Raum zu leben. Ich weiß nicht, ob ich töricht handelte, aber hätte ich seinen Rat befolgt, so gäbe es für mich nichts mehr zu erzählen. Das unliebsame gehäufte Auftreten von Selbstmorden bei Männern, die alle in derselben Kabine geschlafen hatten, hätte weiterhin als Tatsache bestanden, aber dabei wäre es geblieben.

Indessen war dies keineswegs das Ende der Sache. Ich nahm mir fest vor, mich von solchen Geschichten nicht irre machen zu lassen, und ich ging sogar so weit, den Kapitän über die Angelegenheit in ein Streitgespräch zu verwickeln. Mit der Kabine selbst sei etwas nicht in Ordnung, sagte ich. Sie war ziemlich feucht. Das Bullauge war gestern über Nacht offen gelassen worden. Mein Reisegefährte könnte krank gewesen sein, als er an Bord kam, und nach dem Zubettgehen könnte er einen Wahnsinnsanfall erlitten haben. Er könnte sich sogar jetzt irgendwo an Bord versteckt halten und noch aufgefunden werden. Der Raum müßte gelüftet und die Schließvorrichtung des Bullauges überprüft werden. Falls der Kapitän es mir gestattete, wollte ich selbst dafür sorgen, daß das, was ich für notwendig hielt, ohne Aufschub getan würde.
»Natürlich haben Sie das Recht, zu bleiben, wo Sie sind, wenn Sie wünschen«, entgegnete er ziemlich verdrossen. »Aber mir wäre es lieber, Sie würden ausziehen, dann würde ich den Raum zusperren, und damit hätte es sich.«
Ich sah die Sache in einem anderen Licht und verließ den Kapitän, nachdem ich zugesagt hatte, über das Verschwinden meines Reisegefährten Stillschweigen zu bewahren. Letzterer hatte an Bord keine Bekannten und wurde im Lauf des Tages nicht vermißt. Gegen Abend traf ich den Arzt wieder, und er fragte mich, ob ich meine Meinung geändert hätte. Ich sagte ihm, das hätte ich nicht getan. »Dann werden Sie es in Kürze tun«, sagte er sehr ernst.

III

Abends spielten wir Whist, und ich ging spät zu Bett. Ich muß bekennen, daß ich beim Betreten meiner Kabine ein unangenehmes Gefühl empfand. Ich mußte zwanghaft an den großen Mann denken, den ich am vorhergehenden Abend gesehen hatte und der nun tot war, ertrunken, in den langen Wellen der Dünung zwei- oder dreihundert Meilen achtern hin- und hergeworfen. Sein Gesicht tauchte ganz deutlich vor mir auf, als ich mich entkleidete, und ich zog sogar die Vorhänge der oberen Koje zurück, als wolle ich mich selbst davon überzeugen, daß er tatsächlich fort war. Ich verriegelte auch die Kabinentür. Plötzlich bemerkte ich, daß das Bullauge offen und fest angelegt war. Das war mehr, als ich ertragen konnte. Ich warf hastig meinen Morgenmantel über und machte mich auf die Suche nach Robert, dem Kabinensteward. Ich war äußerst empört, wie ich mich entsinne, und als ich ihn fand, zerrte ich ihn unsanft zur Tür von Nummer einhundertfünf und stieß ihn zu dem offenen Bullauge vor.

»Was zum Teufel treibt denn Sie dazu, Sie Halunke, jeden Abend das Bullauge hier offen zu lassen? Wissen Sie nicht, daß zehn Männer es nicht mehr schließen könnten, wenn das Schiff krängen und Wasser eindringen sollte? Ich werde mich über Sie beim Kapitän beschweren, Sie Lump – Sie gefährden ja das Schiff!«

Ich war aufs höchste erbost. Der Mann zitterte und wurde bleich, und dann begann er die runde Glasplatte mit den schweren Messingbeschlägen zu schließen.

»Warum antworten Sie mir nicht?« sagte ich unwirsch.

»Bitte sehr, Sir«, stammelte Robert, »da ist keiner an Bord, der das Bullauge hier bei Nacht geschlossen halten kann. Sie können es selber versuchen, Sir. Ich werd' nicht weiter hier an Bord bleiben, nein, ich tu das nicht. Aber wenn ich Sie wäre, Sir, dann würde ich machen, daß ich hier rauskomme, und beim Doktor oder sonst jemand schlafen, ja, das würd' ich. Sehen Sie, Sir, nennen Sie das hier nun sicher befestigt oder nicht? Probieren Sie's aus, versuchen Sie, ob es einen Zollbreit nachgibt.«

Ich prüfte das Bullauge und fand es vollkommen dicht geschlossen.

»Na also, Sir«, fuhr Robert triumphierend fort. »Ich setz' meinen guten Ruf als Erster-Klasse-Steward dafür aufs Spiel, daß es in 'ner halben Stunde wieder offen ist, und auch noch hinten eingehakt, Sir, das ist das Gräßliche – fest eingehakt!«

Ich schaute mir den großen Drehknauf und die Verriegelung an.
»Wenn ich es heute nacht offen finde, Robert, gebe ich Ihnen ein Zwanzig-Schilling-Stück. Es ist unmöglich. Sie können gehen.«
»Zwanzig Schilling, sagten Sie, Sir? Sehr gut, Sir. Danke sehr, Sir. Gute Nacht, Sir. Angenehme Ruhe, Sir, und alle möglichen schönen Träume, Sir.«
Robert trabte davon, froh darüber, wieder entlassen zu sein. Natürlich war ich der Meinung, er versuche seine Nachlässigkeit mit einer dummdreisten Geschichte, die mich ängstigen sollte, zu decken, und ich glaubte ihm kein Wort.
Ich ging zu Bett, und fünf Minuten, nachdem ich mich in meine Decken gewickelt hatte, löschte Robert das Licht, das stets hinter der Mattglasscheibe nahe der Tür brannte. Ich lag ganz still im Dunkeln und versuchte einzuschlafen, aber bald fand ich dies unmöglich. Mein Zorn auf den Steward hatte mir irgendwie Befriedigung bereitet, und die Ablenkung hatte meine unangenehme Empfindung beim Gedanken an den Ertrunkenen, der mit mir im selben Raum gewesen war, verdrängt. Ich war überhaupt nicht müde, und ich lag einige Zeit wach, wobei ich dann und wann zum Bullauge hinüberschaute. Ich konnte es aus meiner Lage gerade noch sehen, und im Finstern sah es aus wie ein schwach leuchtender, inmitten von Schwärze aufgehängter Suppenteller. Ich muß wohl eine Stunde lang so dagelegen haben, als mich ein kalter Luftzug und das deutliche Empfinden von feinversprühter Gischt auf meinem Gesicht aufschrecken ließen. Ich sprang auf die Füße, und da ich im Dunkeln nicht auf die Bewegung des Schiffes achtete, wurde ich sogleich mit großer Wucht quer durch die Kabine geschleudert, auf die Couch, die unter dem Bullauge stand. Ich faßte mich jedoch sofort wieder und kniete mich hin. Das Bullauge war wieder weit offen und fest eingehakt.
Das sind wirklich alles Tatsachen. Ich war hellwach, als ich

aufstand, und sollte ich noch benommen gewesen sein, so wäre ich gewiß durch den Sturz geweckt worden. Im übrigen holte ich mir schlimme blaue Flecken an Händen und Knien, und am nächsten Morgen hätten diese Spuren das Geschehen bezeugen können, falls ich noch selbst daran gezweifelt hätte. Das Bullauge war weit offen und festgehakt – etwas so Unerklärliches, daß ich bei der Entdeckung, wie ich mich entsinne, eher Erstaunen als Furcht empfand. Ich schloß die Scheibe sofort wieder und drehte den Knauf mit aller Kraft fest. In der Kabine war es sehr dunkel. Ich überlegte mir, daß das Bullauge mit Sicherheit vor Ablauf einer Stunde, nachdem Robert es in meiner Gegenwart geschlossen hatte, geöffnet worden war, und ich beschloß, es im Auge zu behalten und zu warten, ob es sich wieder öffnen würde. Solche Messingbeschläge haben ein großes Gewicht und lassen sich keineswegs leicht bewegen; ich konnte nicht glauben, daß sich die Verriegelung durch das Stampfen des Schiffes gelöst hatte. Ich stand da und schaute durch das dicke Glas auf die abwechselnd grauen und weißen Streifen Meerwassers hinaus, die unten an der Schiffswand vorüberschäumten. Ich muß wohl eine Viertelstunde dort gestanden haben.
Plötzlich hörte ich, wie ich noch dastand, ganz deutlich eine Bewegung hinter mir in einer der Kojen, und gleich darauf, gerade als ich mich instinktiv umwandte, um hinzusehen – obwohl ich natürlich im Dunkeln gar nichts sehen konnte –, hörte ich ein ganz schwaches Stöhnen. Ich sprang quer durch den Raum, riß die Vorhänge der oberen Koje auseinander und griff tief hinein, um festzustellen, ob da jemand war. Und es war jemand da.
Ich erinnere mich, daß ich beim Vorstoßen der Hände die Empfindung hatte, als tauchten sie in die Luft eines feuchten Kellers ein, und hinter dem Vorhang drang ein Windhauch hervor, der fürchterlich nach abgestandenem Seewasser stank. Ich packte etwas, das die Form eines menschlichen Armes hatte, aber glatt und naß und eiskalt war. Und als ich daran

zog, sprang das Wesen jählings mit voller Wucht auf mich los, eine feuchtkalte, schwammige Masse, wie mir schien, schwer und naß, doch mit übernatürlichen Kräften ausgestattet. Ich stolperte durch die Kabine, und im nächsten Augenblick ging die Tür auf, und das Ding stürzte hinaus.

Ich hatte gar keine Zeit, mich zu fürchten, und nachdem ich mich rasch erholte hatte, war ich mit einem Satz aus der Tür und jagte hinterher, so schnell ich konnte, aber ich kam zu spät. Zehn Schritte vor mir sah ich – ich weiß das ganz sicher –, wie sich auf dem schwach erhellten Flur ein dunkler Schatten bewegte, so flink wie der Schatten eines schnellen Pferdes in finsterer Nacht vor der Lampe eines leichten Wägelchens einhertanzt. Aber einen Augenblick später war er verschwunden, und ich merkte, daß ich mich an die polierte Griffstange klammerte, die am Schott entlang verlief, wo der Flur eine Biegung zur Treppe machte. Mir standen die Haare zu Berge, und kalter Schweiß rann mir übers Gesicht. Ich schäme mich dessen nicht im geringsten: ich hatte entsetzliche Angst. Noch immer traute ich meinen Sinnen nicht, und ich riß mich zusammen. Es war absurd, fand ich. Der Käsetoast, den ich gegessen hatte, war mir nicht bekommen. Ich hatte einen Alptraum gehabt. Ich ging zurück zu meiner Kabine und betrat sie mit Überwindung. Der ganze Raum roch nach brackigem Seewasser, wie schon am Abend zuvor, als ich erwacht war. Es bedurfte für mich äußerster Anstrengung, hineinzugehen und in meinen Sachen nach einer Schachtel Wachsstreichhölzer zu tasten. Als ich eine Eisenbahn-Leselaterne entzündete, die ich immer bei mir trage, falls ich noch lesen will, nachdem die Schiffslampen gelöscht sind, bemerkte ich, daß das Bullauge wieder offen war. Da begann eine Art schleichendes Entsetzen von mir Besitz zu ergreifen, das ich noch nie zuvor gespürt hatte und auch nie mehr spüren möchte. Aber ich machte Licht, und dann untersuchte ich die obere Koje, die ich mir seewasserdurchtränkt vorstellte.

Doch ich wurde enttäuscht. Im Bett hatte jemand geschlafen,

und der Meergeruch war stark; aber die Laken waren knochentrocken. Ich glaubte, Robert hätte nicht den Mut aufgebracht, nach dem Vorfall der letzten Nacht das Bett zu machen – alles war ein böser Traum gewesen. Ich zog die Vorhänge zurück, so weit ich konnte, und untersuchte das Bett sehr sorgfältig. Es war völlig trocken. Aber das Bullauge war wieder offen. Mit einer Art dumpf-entsetzter Verblüffung schloß ich es und drehte den Knauf fest, wozu ich meinen schweren Stock durch die Messingöse steckte und mit aller Kraft in der Drehrichtung drückte, bis das dicke Metall sich unter dem Druck zu verbiegen begann. Dann hakte ich meine Leselampe an den roten Samt der Couchlehne und setzte mich nieder, um nach Möglichkeit wieder zur Besinnung zu kommen. Ich saß die ganze Nacht so da, an Ausruhen war nicht zu denken – ja, ich vermochte überhaupt kaum zu denken. Aber das Bullauge blieb geschlossen, und ich glaubte auch nicht, daß es sich jetzt nochmals ohne erheblichen Kraftaufwand öffnen ließe.

Endlich dämmerte der Morgen, und ich kleidete mich langsam an und überdachte alles, was in der Nacht geschehen war. Es war ein schöner Tag, und ich ging an Deck, froh darüber, in den klaren frühen Sonnenschein hinauszukommen und die Brise über dem blauen Wasser zu riechen – so ganz anders als der brackige Geruch aus meiner Kabine. Instinktiv ging ich nach achtern, auf die Kabine des Arztes zu. Da stand er mit einer Pfeife im Mund und genoß die frische Morgenluft, genau wie am Tag zuvor.

»Guten Morgen«, sagte er ruhig, schaute mich dabei aber mit unverhohlener Neugierde an.

»Doktor, Sie hatten ganz recht«, sagte ich. »Mit diesem Raum stimmt etwas nicht.«

»Ich meinte ja schon, Sie würden es sich anders überlegen«, entgegnete er mit sichtbarem Triumph. »Sie haben eine schlechte Nacht verbracht, wie? Soll ich Ihnen etwas zur Aufmunterung machen? Ich habe ein hervorragendes Rezept.«

»Nein, danke«, sagte ich. »Aber ich möchte Ihnen erzählen, was passiert ist.«
Dann versuchte ich so klar wie möglich genau das zu schildern, was geschehen war. Ich vergaß nicht zu erwähnen, daß ich solche Angst gehabt hatte wie noch nie im Leben. Ich schilderte insbesondere das Phänomen mit dem Bullauge, das ja ein Tatbestand war, den ich nachweisen konnte, selbst wenn alles andere Einbildung war. Ich hatte es in der Nacht zweimal geschlossen, und beim zweiten Mal hatte ich das Messing verbogen, als ich zum Zudrehen meinen Stock benutzt hatte. Ich glaube, diesen Punkt erwähnte ich besonders nachdrücklich.
»Sie denken anscheinend, ich könnte Ihre Geschichte anzweifeln«, sagte der Arzt bei meinem ausführlichen Bericht über das Bullauge mit einem Lächeln. »Ich zweifle sie nicht im geringsten an. Ich wiederhole meine Einladung an Sie. Bringen Sie Ihr Zeug her zu mir und übernehmen Sie die halbe Kabine.«
»Kommen Sie zu mir und übernehmen Sie eine Nacht lang die Hälfte«, sagte ich. »Helfen Sie mir, dieser Sache auf den Grund zu gehen.«
»Wenn Sie das versuchen, werden Sie auf einem ganz anderen Grund landen«, erwiderte der Doktor.
»Wo denn?« fragte ich.
»Auf dem Meeresgrund. Ich werde das Schiff verlassen. Es ist nicht geheuer.«
»Dann wollen Sie mir nicht helfen, herauszufinden – «
»Nein, ich nicht«, sagte der Doktor rasch. »Meine Aufgabe ist es, klaren Kopf zu behalten – ich kann mich nicht mit Spuk und derlei Dingen abgeben.«
»Glauben Sie wirklich, daß das Spuk ist?« fragte ich recht verächtlich. Aber während ich sprach, erinnerte ich mich sehr wohl an die grauenvolle Empfindung des Übersinnlichen, die während der Nacht von mir Besitz ergriffen hatte. Der Arzt wandte sich mit scharfen Worten an mich:

»Haben Sie etwa eine vernünftige Erklärung für diese Dinge zu bieten?« fragte er. »Nein, das haben Sie nicht. Nun, Sie meinen, Sie würden noch eine Erklärung finden. Ich sage Ihnen, daß Sie keine finden werden, Sir, weil es einfach keine gibt.«

»Aber, bester Herr Doktor«, gab ich zurück, »meinen Sie als Mann der Wissenschaft im Ernst, daß sich solche Dinge nicht erklären lassen?«

»Das meine ich«, antwortete er hartnäckig. »Und wenn es anders wäre, wollte ich mit der Erklärung nichts zu schaffen haben.«

Es war für mich keineswegs angenehm, noch eine Nacht allein in der Kabine verbringen zu müssen, und doch ließ ich mich durch nichts davon abhalten, dem Übel von Grund auf beizukommen. Ich glaube nicht, daß nach zwei derartigen Nächten viele Männer dort allein geschlafen hätten. Ich aber war entschlossen, es zu versuchen, wenn ich schon niemanden dazu bringen konnte, mit mir abwechselnd Wache zu halten. Der Doktor war einem solchen Versuch unmißverständlich abgeneigt. Er sagte, er sei Arzt, und für den Fall, daß an Bord ein Notfall auftreten sollte, müsse er ständig dienstbereit sein. Er könne es sich nicht erlauben, seine Nerven zu ruinieren. Vielleicht hatte er durchaus recht, aber ich neige zu der Annahme, daß seine Vorsicht auf seiner Abneigung beruhte. Auf mein Befragen teilte er mir mit, daß vermutlich niemand an Bord sei, der sich an meinen Nachforschungen beteiligen wolle, und nach weiterem kurzem Gespräch verließ ich ihn. Bald darauf begegnete ich dem Kapitän und erzählte ihm meine Geschichte. Ich sagte, falls niemand die Nacht mit mir verbringen wolle, so würde ich darum bitten, daß das Licht die ganze Nacht durch brenne, und wolle es allein versuchen.

»Hören Sie«, sagte er, »ich will Ihnen etwas sagen. Ich werde selbst mit Ihnen Wache halten, und dann werden wir sehen, was passiert. Ich bin davon überzeugt, daß wir beide es herausfinden können. Vielleicht drückt sich an Bord irgendein Kerl

herum, der sich die Überfahrt damit ergaunert, daß er die Passagiere erschreckt. Es ist immerhin möglich, daß mit der Holzkonstruktion dieser Koje etwas nicht in Ordnung ist.«
Ich schlug vor, ich könne zur Überprüfung der Koje den Schiffszimmermann mit hinunternehmen; im übrigen war ich hochbefriedigt über das Anerbieten des Kapitäns, die Nacht mit mir zu verbringen. Er schickte tatsächlich nach dem Handwerker und wies ihn an, alles zu tun, was mir nötig schien. Wir gingen sofort hinunter. Ich hatte bereits aus der oberen Koje all das Bettzeug ausgeräumt, und wir untersuchten den Einbau gründlich, um festzustellen, ob irgendwo ein Brett lokker sei oder ein Stück Täfelung sich öffnen oder verschieben lasse. Wir prüften überall das Holzwerk, klopften den Fußboden ab, schraubten die Beschläge der unteren Koje ab und nahmen sie auseinander – kurzum, es gab in der Kabine keinen Quadratzoll, der nicht untersucht und geprüft wurde. Alles war in bester Ordnung, und wir setzten alles wieder instand. Als wir mit unserer Arbeit zu Ende kamen, erschien Robert an der Tür und schaute herein.
»Nun, Sir – was gefunden, Sir?« fragte er mit einem abscheulichen Grinsen.
»Sie hatten recht mit dem Bullauge, Robert«, sagte ich, und ich gab ihm die versprochenen zwanzig Schillinge.
Der Zimmermann tat seine Arbeit schweigend und geschickt. »Ich bin ein einfacher Mann, Sir«, sagte er, als er fertig war. »Aber ich meine wirklich, Sie sollten Ihre Sachen hier rausnehmen, und ich drehe dann ein halbes Dutzend Vier-Zoll-Schrauben durch die Kabinentür. Von dieser Kabine ist noch nie was Gutes gekommen, Sir, und dabei bleibe ich. Vier Leute hat's von hier aus das Leben gekostet, soviel ich weiß, und das bei vier Überfahrten. Geben Sie's lieber auf, Sir – geben Sie's lieber auf!«
»Ich werde es noch eine Nacht lang versuchen«, sagte ich.
»Geben Sie's lieber auf, Sir – geben Sie's lieber auf! Das ist eine ganz üble Geschichte«, wiederholte der Handwerker,

während er sein Werkzeug in die Tasche steckte und die Kabine verließ.
Aber die Aussicht darauf, daß mir der Kapitän Gesellschaft leisten würde, hob meine Stimmung ganz beträchtlich, und ich beschloß, nichts solle mich davon abhalten, das seltsame Unternehmen zu Ende zu führen. An diesem Abend enthielt ich mich des Käsetoasts und beteiligte mich auch nicht am üblichen Whistspiel.
Ich wollte ganz sicher sein, die Nerven zu behalten, und meine Eitelkeit gebot mir, in den Augen des Kapitäns gut abzuschneiden.

IV

Der Kapitän gehörte zu jenen prachtvoll zähen und gutgelaunten Exemplaren der seefahrenden Gattung Mensch, deren vereinigte Tapferkeit, Ausdauer und Ruhe in schwierigen Situationen sie von Natur aus auf hohe Vertrauensposten berufen. Er war nicht der Mann, der sich von einer aufgetischten Geschichte beeindrucken ließ, und allein die Tatsache, daß er gewillt war, sich an meiner Untersuchung zu beteiligen, war Beweis genug für seine Meinung, hier müsse wirklich etwas nicht in Ordnung sein. In gewissem Umfang stand auch sein Ruf auf dem Spiel, ebenso wie der Ruf seines Schiffs. Es ist keine leichtzunehmende Sache, wenn Passagiere über Bord gehen, und das wußte er.
Etwa um zehn Uhr an diesem Abend, als ich eine letzte Zigarre rauchte, kam er auf mich zu und nahm mich beiseite, weg vom Gewimmel der anderen Passagiere, die sich in der warmen Dunkelheit an Deck ergingen.
»Das ist eine ernste Sache, Mr. Brisbane«, sagte er. »Wir müssen uns auf beides gefaßt machen – daß wir enttäuscht werden oder daß es für uns hart auf hart geht. Sie sehen, ich kann es mir nicht leisten, über die Geschichte zu lachen, und ich möchte Sie bitten, ein Protokoll zu unterschreiben, was auch immer vorfallen sollte. Wenn heute nacht nichts

geschieht, werden wir es morgen nochmals versuchen und dann übermorgen wieder. Sind Sie bereit?«

Also gingen wir hinunter und betraten die Kabine. Als wir hineingingen, konnte ich Robert, den Steward, sehen, wie er in einiger Entfernung auf dem Gang stand und uns mit seinem üblichen Grinsen beobachtete, als sei er gewiß, daß sich bald etwas Schreckliches ereignen würde.

Der Kapitän schloß die Tür hinter uns und verriegelte sie. »Ich schlage vor, wir stellen Ihren Koffer vor die Tür«, meinte er. »Dann kann sich einer von uns darauf setzen, und nichts kommt hier durch. Ist das Bullauge zugedreht?«

Ich fand es so vor, wie ich es am Morgen zuletzt gesehen hatte. Tatsächlich hätte es ohne einen Hebel, wie ich ihn benutzt hatte, niemand zu öffnen vermocht. Ich zog die Vorhänge der oberen Koje zurück, damit ich weit hineinschauen konnte. Auf Anraten des Kapitäns entzündete ich meine Leselaterne und stellte sie so, daß ihr Schein auf die weißen Laken oben fiel. Er bestand darauf, selbst auf dem Koffer zu sitzen, und erklärte dazu, er wolle notfalls beschwören können, er habe vor der Tür gesessen.

Dann ersuchte er mich, die Kabine genauestens zu durchsuchen, was sehr bald getan war, da die Arbeit lediglich darin bestand, unter die untere Koje und die Couch vor dem Bullauge zu schauen. Doch dort war nur leerer Raum.

»Für ein menschliches Wesen ist es unmöglich, hier einzudringen«, sagte ich, »oder das Bullauge zu öffnen.«

»Sehr gut«, sagte der Kapitän ruhig. »Wenn wir jetzt etwas sehen, muß es entweder Einbildung sein oder etwas Übernatürliches.« Ich setzte mich auf den Rand der unteren Koje.

»Das erste Mal«, sagte der Kapitän, indem er die Beine übereinanderschlug und sich an die Tür zurücklehnte, »ist es im März passiert. Der Passagier, der hier in der oberen Koje schlief, erwies sich als wahnsinnig – jedenfalls war bekannt, daß er nicht ganz richtig im Kopf war und die Überfahrt gebucht hatte, ohne daß seine Freunde davon wußten. Mitten in der Nacht kam er herausgerast und stürzte sich über Bord, ehe der wachhabende Offizier ihn aufhalten konnte. Wir stoppten und ließen ein Boot hinunter. Es war eine ruhige Nacht, gerade ehe damals die schweren Unwetter kamen; aber wir konnten ihn nicht finden. Seinen Selbstmord schrieb man natürlich hinterher seinem Wahnsinn zu.«

»Das passiert vermutlich oft?« meinte ich ziemlich geistesabwesend.

»Nicht oft – nein«, sagte der Kapitän. »Wenigstens habe ich es noch nicht erlebt, obwohl ich von solchen Vorfällen auf anderen Schiffen gehört habe. Nun, wie ich schon sagte, das geschah im März. Und gleich auf der nächsten Reise – Wo schauen Sie denn hin?« fragte er, seinen Bericht plötzlich abbrechend. Ich glaube, ich gab keine Antwort. Mein Blick war auf das Bullauge geheftet. Mir kam es vor, als bewege sich die Messingöse auf dem Drehknauf ganz langsam – so langsam indessen, daß ich nicht sicher war, ob sie sich überhaupt bewegte. Ich beobachtete sie scharf, merkte mir die Stellung genau und versuchte festzustellen, ob diese sich änderte. Als der Kapitän sah, wohin ich schaute, blickte auch er hin.

»Das bewegt sich!« rief er mit voller Überzeugung. »Nein, doch nicht«, setzte er nach einer Minute hinzu.

»Wenn es die Erschütterung von der Schiffsschraube wäre«, sagte ich, »dann wäre das Bullauge schon tagsüber aufgegangen. Aber heute abend fand ich es noch ebenso fest zugedreht wie heute früh.«

Ich stand auf und prüfte den Knauf. Er hatte sich zweifellos gelockert, denn mit einiger Mühe konnte ich ihn von Hand bewegen.

»Das Eigenartige ist«, sagte der Kapitän, »daß der zweite abgängige Mann angeblich durch eben dieses Bullauge über Bord ging. Es war für uns ganz fürchterlich. Es war mitten in der Nacht, und wir hatten schweren Seegang; da kam eine Alarmmeldung, eines der Bullaugen sei offen und das Meer dringe ein. Ich kam hin und fand unten alles überschwemmt, und das Wasser floß bei jedem Stampfen des Schiffs herein, und das ganze Bullauge mit Rahmen schwang in den Angeln – nicht nur die Glasscheibe in der Mitte. Nun, wir konnten es wieder schließen, aber das Wasser hatte einigen Schaden angerichtet. Immer wieder riecht seit damals der Raum nach Seewasser. Wir nahmen an, der Passagier habe sich durch die Luke gestürzt, aber wie er das anstellte, das weiß der Himmel. Und dauernd erzählt mir seither der Steward, er könne hier drin das Bullauge nicht geschlossen halten. Ich möchte schwören – ich kann es jetzt auch riechen, Sie nicht?« fragte er, wobei er mißtrauisch schnüffelte.

»Ja, – ganz eindeutig«, sagte ich, und mich schauderte, als eben dieser brackige Seewassergeruch in der Kabine stärker wurde. »Wenn es hier so riechen kann, muß der Raum feucht sein«, fuhr ich fort, »aber als ich ihn heute früh mit dem Zimmermann untersuchte, war alles völlig trocken. Das ist doch höchst sonderbar – Hoppla!«

Meine Leselaterne, die ich in die obere Koje gestellt hatte, ging plötzlich aus. Durch die Mattglasscheibe neben der Tür, hinter welcher die Flurlampe brannte, drang noch ziemlich Licht herein. Das Schiff schlingerte stark, und der Vorhang an der oberen Koje schwang weit in den Kabinenraum hinein und wieder zurück. Ich erhob mich rasch vom Bettrand, und im selben Augenblick sprang der Kapitän mit einem überraschten Aufschrei hoch. Ich hatte mich gerade umgedreht, um die Laterne herunterzuholen und danach zu sehen, als ich seinen Schrei und unmittelbar danach seinen Hilferuf hörte. Ich lief zu ihm. Er drückte mit aller Kraft auf die Messingöse am Verschluß des Bullauges. All seiner Anstrengung zum Trotz schien sie sich gegen den Druck seiner Hände zu drehen. Ich packte meinen Spazierstock, einen schweren Eichenstock, den ich immer bei mir hatte, stieß ihn durch den Ring und drückte mit aller Kraft dagegen. Aber das harte Holz brach jäh ab, und ich fiel auf die Couch.

Als ich wieder aufstand, war das Bullauge weit offen, und

der Kapitän stand mit dem Rücken zur Tür, blaß bis in die Lippen.
»Da ist etwas in der Koje!« rief er mit eigenartiger Stimme, und die Augen traten ihm fast aus dem Kopf. »Halten Sie die Tür fest, während ich nachsehe – es soll uns nicht entkommen, was es auch sein mag!«
Doch statt seinen Platz einzunehmen, sprang ich auf das untere Bett und packte etwas, das in der oberen Koje lag.
Es war etwas Gespenstisches, zu fürchterlich, um es zu beschreiben, und es bewegte sich in meinem Griff. Es glich dem Leichnam eines lange zuvor Ertrunkenen, und doch bewegte es sich und war so stark wie zehn lebendige Männer. Doch ich packte es mit all meiner Macht – das schlüpfrige, schwammige, scheußliche Wesen. Die toten weißen Augen schienen mich aus dem Zwielicht anzustarren; der ekelhafte Geruch des fauligen Seewassers umwehte es, und das glänzende Haar hing in widerlichen Strähnen über das tote Gesicht. Ich rang mit dem toten Ding. Es warf sich auf mich und drückte mich zurück und brach mir fast die Arme. Es schlang seine Leichenarme um meinen Hals, gleich dem lebendigen Tod, und überwältigte mich, so daß ich schließlich laut aufschrie und stürzte und es aus meinem Griff entließ.
Während ich hinfiel, sprang das Ding über mich hinweg und schien sich auf den Kapitän zu stürzen. Als ich ihn zuletzt stehend sah, war sein Gesicht weiß und sein Mund fest geschlossen. Es schien mir, als versetze er dem toten Wesen einen heftigen Schlag, und dann stürzte auch er nach vorn aufs Gesicht, mit einem unartikulierten Entsetzensschrei.
Das Ding hielt kurz inne und schien über dem hingestreckten Körper zu schweben, und wieder hätte ich vor Angst schreien können, doch die Stimme versagte mir. Das Ding verschwand dann mit einem Mal, und es kam meinen verstörten Sinnen so vor, als mache es sich durch das offene Bullauge davon – doch wie das angesichts der kleinen Öffnung möglich sein sollte, läßt sich nicht erklären.

Ich lag lange Zeit auf dem Fußboden, und der Kapitän lag neben mir. Endlich kam ich bis zu einem gewissen Grad wieder zur Besinnung und bewegte mich, und sofort spürte ich, daß mein Arm gebrochen war – die Speiche des linken Unterarms nahe dem Handgelenk.
Irgendwie kam ich auf die Füße zu stehen und versuchte mit der noch beweglichen Hand den Kapitän aufzurichten. Er stöhnte und rührte sich, und endlich kam er wieder zu sich. Er war nicht verletzt, wirkte aber schrecklich verstört.
So, und möchten Sie noch mehr hören? Es gibt nichts mehr. Das ist das Ende meiner Geschichte. Der Zimmermann führte sein Vorhaben aus, ein halbes Dutzend Vier-Zoll-Schrauben durch die Tür von Nummer einhundertfünf zu drehen, und wenn Sie jemals eine Überfahrt auf der »Kamtschatka« buchen, können Sie nach einer Koje in dieser Kabine fragen. Man wird Ihnen sagen, daß sie belegt ist – o ja – sie ist von diesem toten Ding belegt.
Die Reise beendete ich in der Kabine des Doktors. Er verarztete meinen gebrochen Arm und legte mir nahe, künftig nicht mehr »mit Geistern und solchen Dingen zu spaßen«. Der Kapitän war hinterher ganz ruhig und fuhr niemals wieder auf diesem Schiff, obwohl es noch fährt. Und ich werde auch nicht wieder darauf reisen. Es war eine sehr unliebsame Erfahrung, und ich hatte große Angst, und das gefällt mir ganz und gar nicht. Das ist alles. Das ist die Geschichte, wie ich einen Geist sah – wenn es ein Geist war. Tot war es jedenfalls.«

Die Wachsfigur

A.M. Burrage

Während die uniformierten Wärter des Wachsfigurenkabinetts Marriner die Nachzügler unter den Besuchern durch die große Doppeltür mit den Glasscheiben schleusten, saß der Direktor in seinem Büro und sprach mit Raymond Hewson.
Der Direktor war ein jüngerer Mann, stämmig, blond und von mittlerer Größe. Er verstand seine Anzüge zu tragen und wußte äußerst sorgfältig, doch nicht übertrieben elegant gekleidet zu erscheinen. Auf Raymond Hewson traf keines von beiden zu. Seine Kleider, die neu von guter Qualität gewesen und auch jetzt noch sorgsam gebürstet und gebügelt waren, begannen Spuren der nachgerade verlorenen Schlacht ihres Besitzers mit der Welt aufzuweisen. Er war ein magerer, blasser kleiner Mann mit glattem, ungebärdigem braunem Haar, und obgleich er vernünftig und sogar überzeugend redete, trug er die abwehrende und irgendwie hinterhältige Miene eines an Zurückweisungen Gewöhnten zur Schau. Er sah aus, wie er war: ein etwas über dem Durchschnitt begabter Mann, doch mangels Selbstvertrauen ein Versager.
Gerade hatte der Direktor das Wort. »Ihr Wunsch ist für mich nichts Neues«, sagte er. »Wir verweigern ihn sogar etwa dreimal in der Woche allen möglichen Leuten – meist jungen Burschen, die Wetten abschließen möchten. Es bringt uns nichts ein, könnte uns aber ziemlich schaden, wenn wir Besucher in unserer ›Mörderhöhle‹ übernachten ließen. Wenn ich es zuließe und so ein junger Dummkopf den Verstand verlöre, wie stände ich dann da? Daß Sie allerdings Journalist sind, ändert die Sache.«
Hewson lächelte. »Sie meinen wohl damit, daß Journalisten keinen Verstand zu verlieren haben.«

»Nein, nein«, lachte der Direktor, »aber man stellt sie sich als verantwortungsbewußte Leute vor. Außerdem ist hier für uns wirklich etwas drin: Werbung, Reklame.«
»Gewiß«, sagte Hewson, »und hier könnten wir nach meinem Dafürhalten einig werden.«
Der Direktor lachte wieder.
»Oh«, rief er, »ich weiß schon, was jetzt kommt. Sie wollen zweimal verdienen, wie? Vor Jahren hieß es immerzu, man bekäme bei Madame Tussaud hundert Pfund, wenn man in der Schreckenskammer übernachte. Sie glauben hoffentlich nicht, daß auch wir ein solches Angebot ausgeschrieben haben? Hm – welches ist übrigens Ihre Zeitung, Mr. Hewson?«
»Zur Zeit bin ich freiberuflich tätig«, bekannte Hewson, »abwechselnd für mehrere Zeitungen. Aber es wäre für mich kein Problem, die Geschichte im Druck unterzubringen. Das ›Morning Echo‹ würde sich sofort darauf stürzen. ›Eine Nacht bei Marriners Mördern‹. Kein vielgelesenes Blatt könnte das ablehnen.«
Der Direktor rieb sich das Kinn.
»Natürlich als Gruselgeschichte; gruselig mit einem mildernden Stich Satire.«
Der andere nickte und bot Hewson sein Zigarettenetui an. »Sehr gut, Mr. Hewson«, sagte er. »Lassen Sie ihre Geschichte im ›Morning Echo‹ drucken, und dann wartet hier noch eine Fünf-Pfund-Note auf Sie, wenn Sie so freundlich sein wollen, Sie sich abzuholen. Aber im ganzen ist es eine beachtliche Zumutung, die Sie da auf sich nehmen. Ich möchte mit Ihnen ganz sicher gehen, und ich möchte auch, daß Sie Ihrer selbst ganz sicher sind. Ich gestehe, ich persönlich würde mir das gar nicht gern vornehmen. Ich habe diese Figuren bekleidet und unbekleidet gesehen. Ich kenne das Herstellungsverfahren genau. Ich kann unten mit anderen Leuten so ungerührt durchgehen, als spazierte ich zwischen lauter Kegeln umher. Aber es wäre mir ein Greuel, da unten allein bei ihnen schlafen zu müssen.«

»Wieso?« fragte Hewson.
»Ich weiß nicht. Es gibt keinen Grund dafür. An Gespenster glaube ich nicht. Und wenn ich das täte, würde ich eher erwarten, daß sie am Tatort spuken oder an ihrer Begräbnisstätte und nicht in einem Keller, wo zufällig ihre Abbilder aus Wachs stehen. Nur könnte ich nicht allein die ganze Nacht zwischen ihnen sitzen und mich von ihnen anstarren lassen, so wie sie es dem Anschein nach tun. Immerhin stellen sie die übelsten und abstoßendsten menschlichen Typen dar, und – aber das würde ich nicht öffentlich äußern – die Leute, die sie sich anschauen, tun das im allgemeinen nicht aus den edelsten Beweggründen. Die ganze Atmosphäre in dem Raum ist unangenehm, und wenn Sie für Atmosphäre empfänglich sind, dann möchte ich Sie warnen – Ihnen steht eine sehr unbehagliche Nacht bevor.«
Das wußte Hewson schon seit dem Augenblick, als ihm der Gedanke überhaupt gekommen war. Innerlich war ihm bei seinem Vorhaben angst und bange, obwohl er den Direktor leichthin anlächelte. Aber er hatte eine Familie zu ernähren, und im vergangenen Monat hatte er von kurzen Artikeln gelebt, die er seinem rasch abnehmenden Vorrat an Erdachtem abgezwackt hatte. Hier war eine Chance, die er sich nicht entgehen lassen durfte – das Honorar für einen Exklusivbericht im »Morning Echo« und obendrein noch eine Fünf-Pfund-Note. Das bedeutete eine Woche lang vergleichsweisen Reichtum und Luxus, und vierzehn Tage lang Befreiung von den schlimmsten Sorgen. Und wenn er die Geschichte gut schrieb, könnte das ein Angebot zur Festanstellung nach sich ziehen.
»Missetäter – und Zeitungsleute – haben es nun einmal nicht leicht«, sagte er. »Ich habe mir bereits selbst eine unbequeme Nacht prophezeit, denn Ihre Mörderhöhle ist wahrhaftig nicht als Hotelzimmer eingerichtet. Aber ich glaube nicht, daß Ihre Wachsfiguren mir Angst einflößen werden.«
»Sie sind nicht abergläubisch?«
»Keine Spur.« Hewson lachte.

»Aber Sie sind Journalist; Sie müssen doch viel Phantasie haben.«
»Die Redakteure, für die ich bisher arbeitete, beklagten sich immer, ich hätte gar keine. Nackte Tatsachen zählen in unserem Gewerbe nicht, und die Zeitungen füttern ihre Leser nicht gern mit trockenem Brot.«
Der Direktor lächelte und stand auf.
»Stimmt«, sagte er. »Ich glaube, die letzten Besucher sind jetzt gegangen. Warten Sie einen Augenblick. Ich werde Anweisung geben, daß die Figuren unten nicht verhängt werden, und den Nachtwächtern Bescheid sagen, daß Sie hierbleiben werden. Dann nehme ich Sie mit hinunter und zeige Ihnen alles.«
Er nahm den Hörer der Haussprechanlage ab, sprach hinein und legte rasch wieder auf.
»Eines muß ich mir von Ihnen allerdings ausbitten«, bemerkte er. »Ich muß Sie ersuchen, nicht zu rauchen. Heute abend hatten wir unten in der Mörderhöhle Feueralarm. Ich weiß nicht, wer ihn meldete, aber jedenfalls war es falscher Alarm. Zum Glück waren um diese Zeit nur sehr wenige Leute unten, sonst hätte eine Panik ausbrechen können. Doch jetzt wollen wir losgehen, wenn Sie bereit sind.«
Hewson folgte dem Direktor durch ein halbes Dutzend Räume, wo die Wärter emsig beim Verhüllen waren – die Könige und Königinnen von England, die Generäle und ruhmreichen Staatsmänner dieser und vergangener Generationen, die ganze buntgemischte Gesellschaft, berühmt oder berüchtigt genug, um für diese Art der Unsterblichkeit erwählt zu werden. Einmal blieb der Direktor stehen und sprach einen Mann in Uniform an. Er sagte etwas von einem Armsessel in der »Mörderhöhle«.
»Ich bedauere, aber etwas Besseres können wir Ihnen nicht bieten«, meinte er zu Hewson. »Ich hoffe, Sie werden etwas Schlaf finden.«
Er ging voran, durch eine offene Schranke und eine schlecht

beleuchtete Treppe hinunter, die den düsteren Eindruck vermittelte, als führe sie in ein Verlies. In einem Flur unten befand sich etliches als Vorgeschmack auf den Schrecken: Folterinstrumente der Inquisition, ein Streckbett aus einem mittelalterlichen Schloß, Brenneisen, Daumenschrauben und andere Mahnzeichen an einstige menschliche Grausamkeit gegenüber Menschen. Am Ende des Flurs lag die »Mörderhöhle«.

Es war ein unregelmäßig gestaltetes Zimmer mit einer Kuppeldecke, von Glühbirnen hinter Milchglasampeln schwach erleuchtet. Schon vom Entwurf her war es ein unheimlicher, unbehaglicher Raum, ein Raum, dessen Atmosphäre seinen Besuchern nahelegte, im Flüsterton zu sprechen. Er hatte etwas von einer Kapelle an sich, einer Kapelle freilich, die längst nicht mehr frommen Zwecken diente, sondern nun niederträchtiger und ruchloser Anbetung gewidmet war.

Die Wachsbilder der Mörder standen auf niedrigen Sockeln mit Nummerntäfelchen am Fuß. Wer sie an anderem Ort gesehen hätte, ohne das Wissen, wen sie darstellten, hätte darin eine stumpfsinnige Gesellschaft gesehen, die sich vor allem durch ihre schäbige Kleidung auszeichnete.

Die erst neuerdings zum Ruhm Gekommenen drängten die staubbedeckten Schultern an die der altbekannten Größen. Thurtell, der Mörder von Weir, stand wie erstarrt in bühnenreifer Haltung gegenüber dem jungen Bywaters. Da war Lefroy, der arme, halb wahnsinnige kleine Snob, der sich als Mörder verdingt hatte, um den großen Herrn zu mimen. Charles Peace, der einzige in jener üblen Gesellschaft, der unverhohlen und unmißverständlich böse aussah, feixte über einen Durchgang zu Norman Thorne hinüber.

Der Direktor zeigte Hewson beim Rundgang mehrere besonders interessante Exemplare der unheilvollen Berühmtheiten. »Das ist Crippen; den werden Sie wohl erkennen. Unbedeutender kleiner Bursche, der aussieht, als könne er keinen Wurm zertreten. Und das ist Armstrong. Sieht wie ein anständiger, harmloser Landedelmann aus, nicht wahr? Hier ist der alte

Vaquier; den kennt man gleich an seinem Bart. Und natürlich dieser –«
»Wer ist das?« unterbrach ihn Hewson flüsternd und streckte die Hand aus.
»Oh, davon wollte ich gerade anfangen«, sagte der Direktor mit einem gewissen Unterton. »Kommen Sie her und sehen Sie sich ihn genau an. Das ist unser Paradestück. Er ist der einzige aus dem ganzen Haufen, der nicht aufgeknüpft wurde.«
Die Figur, worauf Hewson gezeigt hatte, war die eines kleinen, hageren Mannes, nicht viel größer als fünf Fuß. Er trug ein gewichstes Schnurrbärtchen, eine große Brille und einen Mantel mit Cape. In seiner Erscheinung lag etwas so übertrieben Französisches, daß er Hewson an die Karikatur einer Bühnengestalt erinnerte. Er hätte nicht genau auszudrücken vermocht, warum das Gesicht mit der sanften Miene so abstoßend auf ihn wirkte, aber er war schon einen Schritt zurückgewichen, und selbst in der Gesellschaft des Direktors kostete es ihn Mühe, nochmals hinzusehen.
»Aber wer ist es?« fragte er.
»Das«, sagte der Direktor, »ist Dr. Bourdette.«
Hewson schüttelte zweifelnd den Kopf. »Ich glaube, den Namen habe ich schon gehört«, sagte er, »aber in welchem Zusammenhang, das weiß ich nicht mehr.«
Der Direktor lächelte.
»Als Franzose würden Sie sich besser erinnern«, sagte er. »Lange Zeit war dieser Mann der Schrecken von Paris. Tagsüber war er mit Heilen beschäftigt, und nachts, wenn es ihn überkam, mit Halsabschneiden. Er tötete um der reinen teuflischen Lust willen, die ihm das Töten bereitete, und immer auf die gleiche Weise – mit einem Rasiermesser. Nach seinem letzten Verbrechen hinterließ er eine Spur, welche die Polizei auf seine Fährte leitete. Ein Fingerzeig reihte sich an den anderen, und binnen kurzem wußte man, daß man dem Pariser Gegenstück unseres ›Jack the Ripper‹ auf den Fersen war und genügend Beweise hatte, um ihn für ein Dutzend Morde ins Irrenhaus

oder aufs Schafott zu bringen. Aber selbst da war unser Freund zu schlau für sie. Als ihm klar wurde, daß die Falle über ihm zuschnappen würde, verschwand er auf geheimnisvolle Art, und seither wird er von der Polizei jedes zivilisierten Landes gesucht. Es gibt keinen Zweifel daran, daß er sich umgebracht hat, und zwar auf solche Weise, daß seine Leiche bisher nicht ans Licht gekommen ist. Ein oder zwei Verbrechen ähnlicher Art gab es nach seinem Verschwinden, aber man glaubt mit ziemlicher Sicherheit, daß er tot ist. Es ist unheimlich, wie jeder notorische Mörder getreue Nachahmer hat!«
Hewson erschauerte und trat von einem Fuß auf den anderen. »Mir gefällt er überhaupt nicht«, bekannte er. »Puh – was der für Augen hat!«
»Ja, diese Figur ist ein kleines Kunstwerk. Sie haben den Eindruck, als durchbohre Sie dieser Blick? Nun, das ist dann hervorragend realistisch gemacht, denn Bourdette befaßte sich mit Mesmerismus, und man nimmt an, daß er seine Opfer hypnotisierte, ehe er sie umbrachte. Nun ja, hätte er das nicht getan, so ließe sich unmöglich begreifen, wie ein so kleiner Mann sein abscheuliches Handwerk verrichten konnte. Es gab niemals Anzeichen für einen Kampf.«
»Ich hatte gerade den Eindruck, er hätte sich bewegt«, sagte Hewson mit verhaltener Stimme.
Der Direktor lächelte.
»Sie werden im Verlauf dieser Nacht mehr als eine optische Täuschung erleben, möchte ich annehmen. Sie werden nicht eingesperrt sein. Sie können heraufkommen, wenn Sie von der Sache genug haben. Im Haus sind Wachmänner, also finden Sie Gesellschaft. Erschrecken Sie nicht, wenn Sie sie herumgehen hören. Es tut mir leid, daß ich Ihnen nicht mehr Licht verschaffen kann, aber alle Lichter sind schon an. Aus begreiflichen Gründen halten wir diesen Ort so düster wie möglich.«
Der Angestellte von der Nachtwache, der Hewson den Armsessel zurechtstellte, schien zum Spaßen aufgelegt.

»Wo wollen Sie ihn haben, Sir?« fragte er grinsend. »Hierher vielleicht, dann können Sie sich ein wenig mit Crippen unterhalten, wenn Ihnen das Stillsitzen lästig wird? Sagen Sie mir, wohin, Sir.«
Hewson lächelte. Der Scherz des Mannes gefiel ihm, und sei es nur, weil er wenigstens jetzt noch den Vorbereitungen einen durchaus willkommenen Anschein des Gewöhnlichen verlieh.
»Ich rücke ihn selbst zurecht, danke«, sagte er. »Erst will ich feststellen, woher es zieht.«
»Hier unten zieht es nicht. Na, dann gute Nacht, Sir. Ich bin oben, falls Sie mich brauchen. Passen Sie auf, daß die sich nicht von hinten anschleichen und Ihnen mit ihren kalten feuchten Händen ans Genick fassen.«
Hewson lachte und wünschte dem Mann eine gute Nacht. Es war einfacher, als er erwartet hatte. Er schob den mit Rollen versehenen Armsessel – ein schweres, plüschgepolstertes Möbel – ein wenig den Mittelgang entlang und drehte ihn entschlossen um, so daß er mit dem Rücken zum Abbild des Dr. Bourdette stand. Aus einem unerfindlichen Grund war ihm Dr. Bourdette weitaus mehr zuwider als seine Gefährten. Beim emsigen Hin- und Herschieben des Sessels war er fast guten Muts, aber als die Schritte der Wächter sich entfernt hatten und sich tiefe Stille verstohlen im Raum ausbreitete, wurde ihm klar, daß er eine harte Nervenprobe vor sich hatte. Das spärliche, unbewegte Licht fiel auf die Reihen der Figuren, die so unheimlich menschenähnlich waren, daß die Stille unnatürlich, ja gespenstisch wirkte. Ihm fehlte hörbares Atmen, das Geraschel von Kleidern, die hunderterlei winzigen Geräusche, die man hört, auch wenn in einer Menschenansammlung tiefstes Schweigen herrscht. Aber die Luft war so still wie Wasser auf dem Grund eines stehenden Teiches. Kein Atemzug im Raum brachte eine Gardine oder einen Behang zum Wehen. Kein Schatten rührte sich. Nur sein eigener Schatten, der wanderte, wenn er einen Arm oder ein Bein bewegte, konnte zu einer Regung gebracht werden. Alles war starr für das Auge,

stumm für das Ohr. »So muß es auf dem Meeresgrund sein«, dachte er und überlegte, wie er diesen Satz am Morgen in seine Schilderung einfügen könnte.

Doch er sah den düsteren Gestalten mutig ins Auge. Sie waren nur Wachsfiguren. Solange er diesen Gedanken über alle anderen herrschen ließ, konnte er gewiß sein, daß alles gut verlaufen würde. Allerdings bewahrte es ihn nicht vor dem Unbehagen über den wächsernen Starrblick des Dr. Bourdette, den er von hinten auf sich gerichtet wußte. Das Abbild des kleinen Franzosen verfolgte und quälte ihn mit seinen Augen, und er konnte dem Drang, sich umzudrehen und hinzuschauen, kaum widerstehen.

»Schluß damit!« dachte er. »Meine Nerven sind schon jetzt überreizt. Wenn ich mich umdrehe und diese Kleiderpuppe ansehe, gebe ich selber zu, daß ich ein Feigling bin.«

Und dann redete eine andere Stimme in seinem Gehirn zu ihm.

»Eben weil du Angst hast, drehst du dich nicht um und schaust nicht hin.«

Die beiden Stimmen trugen einen kurzen stummen Streit miteinander aus, und schließlich drehte Hewson seinen Stuhl ein wenig und sah hinter sich.

Zwischen den vielen Figuren in steifer, unnatürlicher Haltung stach das Abbild des abscheulichen kleinen Doktors eigenartig hervor, vielleicht weil ein Lichtstreifen geradewegs auf ihn fiel. Hewson schauderte es beim Anblick jener Parodie der Sanftmut, die ein höllisch begabter Wachskünstler hier zum Ausdruck zu bringen vermocht hatte. Er blickte eine todesbange Sekunde lang in diese Augen und wandte den Blick dann wieder ab.

»Er ist nur eine Wachsfigur wie ihr alle«, murmelte Hewson voller Verachtung. »Ihr seid alle nur Wachsfiguren.«

Sie waren nur Wachsfiguren, gewiß, aber Wachsfiguren bewegen sich nicht. Nicht daß er irgendwo die leiseste Bewegung wahrgenommen hätte, aber es fiel ihm sofort auf, daß in dem

Augenblick, als er hinter sich geschaut hatte, vorn eine winzige Veränderung in der Stellung der Figuren zueinander stattgefunden hatte. Crippen zum Beispiel schien sich um mindestens ein Grad nach links gedreht zu haben. Andererseits, dachte Hewson, könnte dieser Anschein auch daher rühren, daß er seinen Stuhl nicht wieder in die genaue Ausgangsstellung gebracht hatte. Hewson hielt kurz den Atem an und nahm dann seinen Mut zusammen, wie man ein Gewicht anhebt. Er entsann sich der Worte mehr als eines Redakteurs und lachte ungehemmt vor sich hin.

»Und die behaupten, ich hätte keine Phantasie!« sagte er tonlos.

Er zog ein Notizbuch aus der Tasche und fing rasch zu schreiben an. »Prot. -Tödliche Stille und unirdische Starre der Figuren. Wie auf dem Meeresgrund. Hypnotischer Blick von Dr. Bourdette. Figuren scheinen sich unbeobachtet zu bewegen.«

Er klappte das Buch zu und schaute voller Hast und Entsetzen über seine rechte Schulter. Eine Bewegung hatte er weder gesehen noch gehört, aber es war, als habe ihm irgendein sechster Sinn eine solche übermittelt. Er blickte geradewegs in die ausdrucksleere Miene Lefroys, der ihn anlächelte, als wolle er sagen: »Ich war's nicht!«

Natürlich war er es nicht und auch sonst keiner; es waren seine eigenen Nerven. Oder doch nicht? Hatte sich Crippen wirklich nicht bewegt, in diesem einen Moment, als er sein Augenmerk auf etwas anderes gerichtet hatte? Dem kleinen Mann war nicht zu trauen! Sobald man den Blick von ihm abwandte, nützte er dies aus, um seine Stellung zu verändern. Das taten sie alle, egal ob er es bemerkte, sagte er sich; und er erhob sich halb aus seinem Sessel. Das war eine üble Sache! Er würde gehen. Er würde nicht die Nacht mit einer Schar Wachsfiguren zubringen, die sich bewegten, wenn er nicht hinsah.

Hewson setzte sich wieder nieder. Das war doch sehr feige und sehr absurd. Es *waren* ja nur Wachsfiguren, und sie *konn-*

ten sich nicht bewegen; er mußte sich an diesen Gedanken klammern, und dann würde doch noch alles gut ausgehen. Doch weshalb all diese stumme Unrast rings um ihn? Etwas kaum Spürbares lag in der Luft, das die Stille nicht ganz unterbrach und sich, wohin er auch blickte, immer dann gerade jenseits seines Blickfeldes ereignete.
Er drehte sich hastig um und fing den sanften, aber unheilvoll starren Blick des Dr. Bourdette auf. Dann riß er jäh den Kopf herum und starrte Crippen an. Ha! Diesmal hätte er Crippen beinahe ertappt! »Geben Sie nur acht, Crippen – und auch ihr übrigen! Wenn ich sehe, daß sich einer von euch regt, schlage ich euch in Stücke! Hört ihr?«
Er sollte gehen, sagte er sich. Er hatte ja schon genug erlebt, um seine Geschichte, ja zehn Geschichten zu schreiben. Nun also – warum nicht weggehen? Das »Morning Echo« würde nicht merken, wie lange er geblieben war, und sich auch nicht darum bekümmern, solange seine Geschichte gut war. Freilich, aber dieser Nachtwächter oben würde seinen Scherz damit treiben. Und der Direktor – wer konnte das schon wissen – der Direktor würde vielleicht wegen dieser Fünf-Pfund-Note, die er doch so dringend brauchte, Aufhebens machen. Er überlegte, ob Rose wohl schlief oder ob sie wachlag und an ihn dachte. Sie würde lachen, wenn er ihr berichtete, was er sich eingebildet hatte...
Das ging nun doch zu weit! Es war schlimm genug, daß die Wachsbilder der Mörder sich offenbar bewegten, wenn sie unbeobachtet waren, aber es war unerträglich, daß sie auch noch *atmeten*. Da atmete jemand. Oder war es sein eigener Atem, der sich für ihn anhörte, als käme er aus der Ferne? Er saß starr da, horchte und hielt krampfhaft an sich, bis er mit einem langen Seufzer die Luft ausstieß. Also doch sein eigener Atem – es sei denn, das Wesen habe geahnt, daß er horchte, und gleichzeitig zu atmen aufgehört. Hewson riß den Kopf herum und sah sich aus verstörten, forschenden Augen rings um. Überall begegnete sein Blick den leeren wäch-

sernen Gesichtern, und überall spürte er, daß er es um den allergeringsten Sekundenbruchteil verfehlt hatte, eine Hand- oder Fußbewegung zu sehen, ein stummes Sichöffnen oder Zusammenpressen von Lippen, ein Zucken von Lidern, ein sofort wieder erlöschendes Aufblitzen einer menschlichen Regung. Sie waren wie ungezogene Kinder in einer Schulklasse, sie flüsterten, zappelten und lachten hinter dem Rücken ihres Lehrers, waren aber brav und unschuldig, wenn sein Blick sich auf sie richtete.

So ging es nicht! So ging es ganz entschieden nicht! Er müßte sich an etwas halten können, sein Bewußtsein an etwas heften können, das ganz und gar der Alltagswelt, den Straßen Londons im Tageslicht, zugehörte. Er war Raymond Hewson, ein erfolgloser Journalist, ein lebender und atmender Mensch, und diese Figuren, die ihn umstanden, waren nur Puppen, also konnten sie weder sich bewegen noch flüstern. Was machte es schon, wenn sie lebensechte Nachbildungen von Mördern waren? Sie waren nur aus Wachs und Sägemehl und standen da zur Unterhaltung lüsterner Betrachter und orangenessender Touristen. So war es besser! Aber was war nun jene seltsame Geschichte, die ihm gestern jemand erzählt hatte?...

Er rief sich einen Teil in Erinnerung, aber nicht alles, denn der starre Blick des Dr. Bourdette bedrängte ihn, forderte ihn heraus und zwang ihn schließlich dazu, sich umzudrehen. Hewson wandte sich halb um und schwenkte dann seinen Sessel, so daß er dem Besitzer jener grauenhaften hypnotisierenden Augen voll ins Gesicht sah. Seine eigenen Augen waren wäßrig und trübe, und sein Mund, erst zu einer Grimasse des Entsetzens erstarrt, hob sich in den Winkeln zu einem Zähnefletschen. Dann sprach Hewson und weckte hundert gespenstische Echos:

»Sie haben sich bewegt, verdammt nochmal!« rief er. »Ja, bewegt, verdammt! Ich hab' Sie gesehen!«

Dann saß er ganz ruhig da und starrte vor sich hin, wie einer, den man erfroren im arktischen Schnee findet.

Dr. Bourdettes Bewegungen waren gemessen. Mit der gezierten Sorgfalt einer Dame, die einem Bus entsteigt, trat er von seinem Sockel herunter. Der Podest war etwa zwei Fuß hoch, und ringsherum hing eine Plüschkordel in Kurven. Dr. Bourdette hob die Kordel an, bis sie einen Bogen bildete, unter dem er durchgehen konnte, stieg dann von dem Podest und setzte sich auf dessen Rand, Hewson unmittelbar gegenüber. Dann nickte er und lächelte und sagte: »Guten Abend.«
»Ich brauche Ihnen wohl kaum zu erklären«, fuhr er in perfektem Englisch fort, worin nur der leiseste ausländische Akzent wahrnehmbar war, »daß ich erst beim Mithören der Unterhaltung zwischen Ihnen und dem werten Direktor dieses Unternehmens annehmen durfte, hier über Nacht das Vergnügen Ihrer Gesellschaft zu haben. Sie können sich ohne einen Wink von mir nicht bewegen und nicht sprechen, aber Sie können mich ausgezeichnet verstehen. Ich spüre irgendwie, daß Sie – nun, wie soll ich sagen – nervös sind. Mein werter Herr, machen Sie sich keine Illusionen. Ich bin nicht eines dieser verachtenswerten Abbilder und wunderbarerweise zum Leben erwacht: Ich bin Dr. Bourdette selbst.«
Er hielt inne, hustete und änderte seine Beinstellung.
»Verzeihung«, sprach er weiter, »aber ich bin ein wenig steif. Und nun lassen Sie mich erklären. Umstände, mit denen ich Sie nicht zu langweilen brauche, ließen für mich einen Aufenthalt in England geboten erscheinen. Heute abend war ich in der Nähe dieses Gebäudes, als ich bemerkte, daß mich ein Polizist eine Spur zu neugierig ansah. Ich ahnte seine Absicht, mir zu folgen und vielleicht verwirrende Fragen zu stellen. Also tauchte ich im Gewühl unter und kam hier herein. Ein weiteres Geldstück ebnete mir den Weg zu diesem Raum, worin wir uns jetzt begegnet sind, und eine Eingebung wies mir einen bestimmten Fluchtweg.
Ich schlug Feueralarm, und als all die Dummköpfe zur Treppe gerannt waren, zog ich meinem Abbild den Capemantel aus, in dem Sie mich jetzt sehen, legte ihn um, versteckte mein

Wachsbildnis hinten unter dem Podest und nahm seinen Platz auf dem Sockel ein.
Ich gestehe, daß ich seither einen sehr anstrengenden Abend zubrachte, aber glücklicherweise wurde ich nicht ständig beobachtet und hatte hin und wieder Gelegenheit, tief Atem zu holen und meine starre Positur etwas zu verändern. Ein kleiner Junge schrie los und rief, er hätte gesehen, wie ich mich bewegte. Ich nehme an, er bekam eine Tracht Prügel und wurde zu Hause sofort ins Bett gesteckt.
Meine Personenbeschreibung seitens des Direktors, die ich mir zu meiner größten Verlegenheit gezwungenermaßen mit anhören mußte, war voreingenommen, aber durchaus nicht unrichtig. Eines ist jedoch gewiß: ich bin nicht tot, obgleich es mir nur recht sein kann, wenn die Welt anders denkt. Sein Bericht über meine Lieblingsbeschäftigung, der ich mich jahrelang hingab, war im großen und ganzen zutreffend, wenngleich nicht intelligent vorgebracht. Die Welt läßt sich in Sammler und Nichtsammler einteilen. Mit den letzteren befassen wir uns hier nicht. Die Sammler sammeln alles, je nach ihrem persönlichen Geschmack, von Geld bis zu Zigarettenbildchen, von Schmetterlingen bis zu Zündholzschachteln. Ich sammle Hälse.«
Er hielt wieder inne und betrachtete Hewsons Kehle mit einer Mischung aus Interesse und Mißvergnügen.
»Ich danke dem Schicksal, das uns heute nacht zusammenführte«, fuhr er fort, »und vielleicht würde es undankbar erscheinen, wenn ich mich beklagen wollte. Aus Gründen der persönlichen Sicherheit war meine Tätigkeit in den letzten Jahren recht eingeschränkt, und ich freue mich über diese Gelegenheit, meinem etwas außergewöhnlichen Drang Befriedigung zu verschaffen. Sie haben zwar einen mageren Hals, Sir, wenn Sie eine persönliche Bemerkung nicht übelnehmen. Aus freien Stücken wäre meine Wahl niemals auf Sie gefallen. Ich mag Männer mit dicken Hälsen – dicken roten Hälsen ...«
Er suchte in einer Innentasche und zog etwas hervor, das

er mittels eines angefeuchteten Zeigefingers prüfte und dann behutsam über die Innenfläche der linken Hand hin und her führte.
»Das ist ein kleines französisches Rasiermesser«, bemerkte er verbindlich. »Man verwendet sie in England nicht oft, aber vielleicht kennen Sie sie? Man zieht sie an Holz ab. Die Klinge ist, wie Sie sehen, sehr schmal. Sie schneiden nicht sehr tief, aber tief genug. In einem kleinen Augenblick können Sie es selbst erfahren. Ich möchte die kurze standesgemäße Anfrage aller höflichen Barbiere an Sie richten: Sind Sie mit dem Rasiermesser zufrieden, Sir?«
Er stand auf, eine kleine, aber bedrohliche Verkörperung des Bösen, und näherte sich Hewson mit dem lautlosen, verstohlenen Schritt eines Panthers auf der Pirsch.
»Sie werden die Güte haben«, sagte er, »Ihr Kinn ein wenig zu heben. Danke sehr, noch ein wenig mehr. Ein klein wenig mehr. Ah, danke sehr!... *Merci, m'sieur... Ah, merci... merci...«*

Über einem Ende des Raumes war ein Oberlichtfenster mit dicker Mattglasscheibe, die bei Tag eine triste, fahle Helligkeit vom darüberliegenden Stockwerk durchließ. Nach Sonnenaufgang begann sich diese mit dem gedämpften Licht der Glühbirnen zu vermengen, und diese gemischte Beleuchtung verlieh einer Szene, die keines zusätzlichen Anstrichs des Grauens bedurft hätte, etwas besonders Gespenstisches.
Die Wachsfiguren standen starr an ihrem Platz und warteten darauf, von der Menschenmenge, die bald wieder schaudernd zwischen ihnen herumwandern würde, bewundert oder verabscheut zu werden. In ihrer Mitte saß Hewson regungslos da, in seinem Armsessel weit zurückgelehnt. Sein Kinn war hoch aufgereckt, als erwarte er die Dienstleistung eines Barbiers, und obwohl sich weder auf seiner Kehle noch sonst an seinem Körper auch nur ein Kratzer fand, war er kalt und tot. Seine

früheren Brotgeber hatten sich geirrt, wenn sie ihm Mangel an Phantasie bescheinigten.
Dr. Bourdette auf seinem Sockel betrachtete den toten Mann ohne eine Gemütsbewegung. Er rührte sich nicht und war auch keiner Bewegung fähig. Schließlich war er ja nur eine Wachsfigur.

Die Insel der Stimmen

Robert Louis Stevenson

Keola war verheiratet mit Lehua, der Tochter von Kalamake, des weisen Mannes von Molokai, und er wohnte beim Vater seiner Frau. Es gab keinen kundigeren Mann als diesen Propheten. Er las in den Sternen, er konnte aus den Leibern der Toten weissagen und bediente sich dazu auch böser Geschöpfe: er konnte allein ins höchste Gebirge gehen, ins Reich der Gnomen, und dort pflegte er Fallstricke auszulegen, um die Geister von ehedem einzufangen.

Aus diesem Grunde wurde kein Mensch im ganzen Königreich Hawaii eifriger um Rat gefragt. Kluge Leute kauften, verkauften, heirateten und planten ihr Leben nach seinem Rat; und der König hatte ihn schon zweimal nach Kona berufen, um die Schätze von Kamehameha zu suchen. Auch war kein Mann mehr gefürchtet. Von seinen Feinden waren etliche kraft seiner Beschwörungen dahingesiecht, und andere waren hinweggezaubert worden, so daß die Leute vergeblich auch nur ein Knöchlein von ihnen suchten. Es ging das Gerücht, ihm sei die Kunst oder Gabe der alten Helden zu eigen. Männer hatten ihn nachts auf den Bergen gesehen, wie er von einem Steilhang zum nächsten ausschritt. Sie hatten ihn durch den Hochwald gehen sehen, und sein Kopf mit den Schultern war über den Bäumen.

Dieser Kalamake war seltsam anzuschauen. Er stammte in gerader Linie vom besten Blut auf Molokai und Maui ab, und doch sah er weißer aus als irgendein Fremdling; sein Haar war von der Farbe trockenen Grases, und seine Augen waren rot und ganz blind, so daß auf den Inseln das Sprichwort umging »Blind wie Kalamake, der über morgen hinaussehen kann«.

Von all diesem Treiben seines Schwiegervaters wußte Keola ein wenig durch das, was allgemein bekannt war, ein wenig mehr erahnte er, und der Rest war ihm unbekannt. Doch eines war ihm nicht geheuer. Kalamake war ein Mann, der an nichts sparte, sei es Essen oder Trinken oder Kleidung, und für alles bezahlte er mit glänzenden neuen Dollars. »Glänzend wie Kalamakes Dollars« war ein anderes Sprichwort auf den acht Inseln. Und doch verkaufte er nichts, bebaute kein Land und verdingte sich nie – nur ab und zu als Magier –, und es gab keine Erklärung für den Ursprung so vieler Silbermünzen.

Eines Tages gab es sich, daß Keolas Frau zu einem Besuch nach Kaunakakai auf der Leeseite der Insel gegangen war, und die Männer waren draußen auf See beim Fischen. Doch Keola war ein Faulpelz, und er lag auf der Veranda und schaute zu, wie die Brandung auf den Strand rollte und die Vögel über dem Steilufer dahinflogen. Immerzu war ein Gedanke in ihm mächtig – der Gedanke an die glänzenden Dollarstücke. Wenn er sich zu Bett legte, wunderte er sich, warum es so viele waren, und wenn er früh erwachte, wunderte er sich, warum sie alle neu waren, und es ging ihm niemals aus dem Kopf. Aber an diesem besonderen Tag machte er im stillen eine große Entdeckung. Denn zum einen hatte er offenbar den Ort gefunden, wo Kalamake seine Schätze versteckte, ein fest verschlossenes Pult an einer Wand des Wohnraums, unter dem Bild von Kamehameha dem Fünften und einer Fotografie der Königin Victoria mit der Krone. Und zum anderen hatte er, und dies erst in der vergangenen Nacht, Gelegenheit zum Hineinschauen gefunden, und – da lag der Beutel leer. Und nun war der Tag des Dampfers; er konnte seinen Rauch über Kalaupapa sehen, und bald mußte das Schiff mit Waren für einen Monat ankommen, Lachs in Dosen und Gin und allerlei seltene Luxusgüter für Kalamake.

»Nun, wenn er heute für seine Waren bezahlen kann«, dachte Keola, »dann werde ich sicher wissen, daß er ein Hexenmeister

ist und die Dollars aus des Teufels Taschen kommen.«
Während er noch so dachte, war sein Schwiegervater hinter ihm, mit unwirscher Miene.
»Ist das der Dampfer?« fragte er.
»Ja«, sagte Keola. »Er muß nur noch in Pelekunu anlegen, und dann wird er hier sein.«
»Dann hilft es nichts«, entgegnete Kalamake, »und ich muß dich ins Vertrauen ziehen, Keola, in Ermangelung eines Besseren. Komm mit ins Haus.«
Also traten sie zusammen in den Wohnraum, ein sehr schönes Zimmer, tapeziert und mit Bildern behangen, und möbliert mit einem Schaukelstuhl, einem Tisch und einem Sofa im europäischen Stil. Es gab auch ein Bücherbord und mitten auf dem Tisch eine Familienbibel, und das verschließbare Schreibpult an der Wand. Also konnte jedermann sehen, daß dies das Haus eines wohlhabenden Mannes war.
Kalamake hieß Keola die Fensterläden schließen, während er selbst alle Türen verschloß und den Deckel des Pults hob. Daraus nahm er zwei mit Amuletten und Muscheln behangene Halsketten, ein Büschel getrockneter Kräuter, dürre Baumblätter und einen grünen Palmzweig.
»Was ich jetzt zu tun gedenke«, sagte er, »ist etwas höchst Erstaunliches. Die Männer von einst waren weise; sie wirkten Wunder, und das war noch nicht alles; aber es geschah nachts im Dunkeln, beim richtigen Stand der Sterne und in der Wüste. Das gleiche tue ich hier in meinem eigenen Haus, angesichts des hellen Tages.«
Indem er so sprach, legte er die Bibel unter das Sofakissen, so daß sie ganz zugedeckt war, brachte von dorther eine Matte aus wunderbar feinem Gewirk und häufte die Kräuter und Blätter auf Sand in einem metallenen Tiegel. Und dann legten er und Keola die Halsketten um und stellten sich auf beide Seiten der Matte, einander gegenüber.
»Die Zeit kommt«, sagte der Hexenmeister, »sei ohne Furcht.«
Damit legte er Feuer an die Kräuter und begann zu murmeln

und den Palmzweig zu schwenken. Erst war wegen der geschlossenen Läden das Licht nur dämmrig; aber die Kräuter loderten hell auf, und die Flammen schlugen Keola entgegen, und der Raum erglühte von dem Feuer. Und dann stieg der Rauch auf und ließ seinen Kopf schwimmen und seine Augen sich trüben, und der Laut von Kalamakes Gemurmel strömte ihm in die Ohren. Und plötzlich kam es über die Matte, worauf sie standen, wie ein rascher Zugriff oder ein Zucken, das schneller als der Blitz zu sein schien. Im selben Augenblick war der Raum verschwunden, mitsamt dem Haus, und aus Keolas Körper hatte es all den Atem gepeitscht. Sonnen um Sonnen wälzten sich über seine Augen und seinen Kopf, und er fand sich an einen Meeresstrand versetzt, unter einer grellen Sonne, bei tosender starker Brandung – und da standen er und der Hexenmeister auf derselben Matte, sprachlos, keuchend und nach einander tastend und die Hände vor die Augen haltend.

»Was war das?« rief Keola, der als erster zu sich kam, weil er jünger war. »Das war ein Schlag, als nahe der Tod.«

»Es tut nichts«, keuchte Kalamake. »Nun ist es geschehen.«

»Und wo, um Gottes willen, sind wir?« rief Keola.

»Das ist nicht die Frage«, erwiderte der Zauberer. »Solange wir hier sind, haben wir die Sache in der Hand und müssen uns darum kümmern. Geh, bis ich wieder zu Atem komme, zum Waldrand und bring mir Blätter von diesem und jenem Kraut, und von diesem und jenem Baum – drei Handvoll von jedem, und beeil dich. Wir müssen wieder zu Hause sein, ehe der Dampfer kommt; es würde seltsam anmuten, wenn wir verschwunden wären.« Und er setzte sich auf den Sand und keuchte.

Keola ging am Strand entlang, der schimmernd sand- und korallfarben war, hier und da mit Muscheln bestreut, und er dachte in seinem Herzen:

»Wie soll ich diesen Strand kennen? Ich will wieder hierherkommen und Muscheln sammeln.«

Vor ihm stand gegen den Himmel eine Reihe Palmen – nicht wie die Palmen auf den acht Inseln, sondern hoch und frisch und schön, und welke Wedel hingen wie Gold zwischen den grünen, und er dachte in seinem Herzen:

»Es ist sonderbar, daß ich diesen Hain bisher nicht gefunden habe. Ich will wieder hierher kommen, zum Schlafen, wenn es warm ist.« Und er dachte: »Wie warm es plötzlich geworden ist!« Denn es war Winter in Hawaii, und der Tag war kühl gewesen. Und er dachte auch: »Wo sind die grauen Berge? Und wo ist die hohe Steilküste mit dem hängenden Wald und den wirbelnden Vögeln?« Und je mehr er es bedachte, um so weniger konnte er begreifen, in welchen Teil der Insel es ihn verschlagen hatte.

Am Rand des Hains, wo er an den Strand grenzte, wuchsen Kräuter, und dahinter stand ein Baum. Als nun Keola auf den Baum zuging, bemerkte er eine junge Frau, die nichts am Leibe trug als einen Gürtel aus Blättern.

»Oho!« dachte Keola. »In diesem Teil des Landes bekümmern sie sich wenig um ihre Kleidung.« Und er blieb stehen, weil er glaubte, sie werde ihn entdecken und flüchten; und als er sah, daß sie noch immer vor sich hin blickte, fing er laut zu summen an. Bei diesem Laut sprang sie auf. Ihr Gesicht war aschfahl; sie schaute hierhin und dorthin, und ihr Mund stand offen, so erschrocken war ihre Seele. Aber es war seltsam, daß ihr Blick nicht auf Keola fiel.

»Guten Tag«, sagte er. »Du brauchst nicht solche Angst zu haben, ich fresse dich nicht.« Doch kaum hatte er den Mund aufgetan, da floh die junge Frau in den Busch.

»Das sind sonderbare Manieren«, dachte Keola, und ohne Überlegen lief er hinterher.

Während er lief, rief das Mädchen immerzu laut in einer Sprache, die auf Hawaii nicht gesprochen wurde, obwohl einige Worte gleich waren, und er wußte, daß sie mit ihrem dauernden Rufen andere warnte. Und plötzlich sah er noch mehr Leute laufen – Männer, Frauen und Kinder, alle dicht beisam-

men, und sie alle liefen und schrien wie bei einem Brand. Und da begann er sich selbst zu fürchten und kehrte mit den Blättern zu Kalamake zurück. Ihm erzählte er dann, was er gesehen hatte.
»Du darfst nicht darauf achten«, sagte Kalamake. »All das ist wie ein Traum und wie Schatten. Alles wird verschwinden und vergessen sein.«
»Es war mir, als hätte mich keiner gesehen«, sagte Keola.
»Keiner sah dich«, erwiderte der Zauberer. »Wir gehen hier in der hellen Sonne und sind dank dieser Amulette unsichtbar. Aber sie hören uns, und deshalb ist es geboten, leise zu sprechen, so wie ich.«
Darauf legte er mit Steinen einen Kreis um die Matte, und in die Mitte legte er die Blätter.
»Deine Sache wird es sein«, sagte er, »die Blätter entflammt zu halten und das Feuer langsam zu nähren. Während sie hell auflodern – das wird nur eine kleine Weile dauern –, muß ich meinen Gang machen; und ehe die Asche sich schwärzt, trägt uns dieselbe Macht, die uns herbrachte, wieder weg. Sei nun bereit mit dem Zündholz, und rufe mich rechtzeitig, damit die Flammen nicht herunterbrennen und ich zurückbleibe.«
Sobald die Blätter Feuer fingen, sprang der Zauberer wie ein Reh aus dem Kreis und begann wie ein Hund nach dem Bade den Strand entlangzujagen. Immer wieder bückte er sich beim Laufen, um flink eine Muschel aufzuheben, und es schien Keola, als blinke diese dabei auf. Die Blätter brannten mit reiner Flamme, die sie rasch verzehrte; und bald hatte Keola nur noch eine Handvoll übrig, und der Zauberer war weit weg, lief dahin und blieb ab und zu stehen.
»Zurück!« rief Keola. »Zurück! Die Blätter sind fast verbrannt.« Da wandte sich Kalamake um, und wenn er zuvor gelaufen war, so flog er nun. Aber so schnell er auch lief, die Blätter brannten schneller. Die Flamme war gerade am Erlöschen, als er mit einem großen Satz auf die Matte sprang.

Der Luftzug von seinem Sprung blies das Feuer aus; und damit war der Strand verschwunden, wie auch die Sonne und die See, und sie standen wieder im Dämmerlicht des Raumes mit den geschlossenen Fensterläden und wurden wieder durchgeschüttelt und geblendet. Und auf der Matte zwischen ihnen lag ein Haufen glänzender Dollarstücke. Keola lief zu den Fensterläden; und da war der Dampfer, der die Dünung ans Ufer trieb.

Noch an diesem Abend nahm Kalamake seinen Schwiegersohn beiseite und gab ihm fünf Dollar in die Hand.

»Keola«, sagte er, »wenn du ein kluger Mann bist – was ich bezweifle –, dann wirst du glauben, heute nachmittag auf der Veranda geschlafen und dabei geträumt zu haben. Ich selbst mache nicht viele Worte, und zu Helfern habe ich Leute mit schwachem Gedächtnis.«

Kein weiteres Wort sagte Kalamake, und er kam nie mehr auf die Angelegenheit zu sprechen. Aber sie ging Keola nicht mehr aus dem Kopf – war er vorher faul gewesen, so tat er nun gar nichts mehr.

»Wozu sollte ich arbeiten«, dachte er, »wenn ich einen Schwiegervater habe, der aus Muscheln Dollars macht?«

Sein Anteil war bald aufgebraucht. Er gab alles für schöne Kleider aus. Und dann bedauerte er es:

»Denn«, so dachte er, »ich hätte besser daran getan, eine Ziehharmonika zu kaufen, mit der ich mich den ganzen Tag hätte unterhalten können.« Und dann begann er sich über Kalamake zu ärgern.

»Dieser Mann hat die Seele eines Hundes«, dachte er. »Er kann nach Belieben auf dem Strand Dollars sammeln, und da läßt er mich sitzen, mit meinem heißen Wunsch nach einer Ziehharmonika! Mag er sich nur in acht nehmen; ich bin kein Kind, ich bin so schlau wie er und bewahre sein Geheimnis.« Darauf sprach er mit seinem Weib Lehua und beklagte sich über das Verhalten ihres Vaters.

»Ich würde meinen Vater in Ruhe lassen«, sagte Lehua. »Er

ist ein gefährlicher Mann, wenn man ihm entgegentritt.«
»Er kümmert mich nicht so viel!« rief Keola und schnippte mit den Fingern. »Ich habe ihn in der Hand. Ich kann ihn tun lassen, was mir beliebt.« Und er erzählte Lehua die Geschichte. Aber sie schüttelte den Kopf.
»Du magst tun, was du willst«, sagte sie, »doch sobald du ihm die Stirn bietest, wird man nichts mehr von dir hören. Denk an diesen und jenen; denk an Hua, der ein edler Mann beim Parlament war und jedes Jahr nach Honolulu reiste. Nicht einen Knochen, nicht ein Haar hat man von ihm gefunden. Erinnere dich an Kamau, und wie er zu einem Fädchen abmagerte, so daß seine Frau ihn mit einer Hand in die Höhe halten konnte. Keola, du bist ein kleines Kind in den Händen meines Vaters; er wird dich zwischen Daumen und Zeigefinger nehmen und dich essen wie eine Krabbe.«
Nun fürchtete Keola sich wirklich vor Kalamake, doch war er auch voller Einbildung, und diese Worte seines Weibes erzürnten ihn.
»Nun gut«, sagte er, »wenn du so über mich denkst, will ich dir zeigen, wie sehr du dich irrst.« Und er ging schnurstracks zu seinem Schwiegervater, der im Wohnzimmer saß.
»Kalamake«, sagte er, »ich möchte eine Ziehharmonika haben.«
»Ach, wirklich?« sagte Kalamake.
»Ja«, sagte er, »und ich sage es dir am besten geradeheraus: ich bestehe darauf, daß ich sie bekomme. Ein Mann, der Dollars am Strand aufliest, kann doch gewiß eine Ziehharmonika bezahlen.«
»Ich hatte keine Ahnung, daß du so viel Hirn hast«, entgegnete der Zauberer. »Ich hielt dich für einen nutzlosen Tagedieb, und ich kann gar nicht beschreiben, wie es mich freut, daß ich mich offenbar geirrt habe. Jetzt denke ich schon, daß ich vielleicht einen Helfer und Nachfolger für mein schwieriges Gewerbe gefunden habe. Eine Ziehharmonika? Du sollst die beste in ganz Honolulu bekommen. Und heute abend, sobald

es dunkel ist, werden wir beide weggehen und das Geld holen.«

»Werden wir wieder zum Strand gehen?« fragte Keola.

»Nein, nein!« antwortete Kalamake. »Du mußt allmählich mehr von meinen Geheimnissen lernen. Letztes Mal lehrte ich dich, Muscheln zu sammeln; diesmal werde ich dich lehren, Fische zu fangen. Bist du stark genug, um Pilis Boot zu Wasser zu bringen?«

»Ich glaube es«, erwiderte Keola. »Aber warum sollten wir nicht unser eigenes nehmen, das schon im Wasser liegt?«

»Dafür habe ich einen Grund, den du noch vor Anbruch des Morgens genau begreifen wirst«, sagte Kalamake. »Pilis Boot ist für meinen Zweck besser geeignet. Also laß uns bitte dort zusammentreffen, sobald es dunkel ist. Mittlerweile wollen wir darüber Stillschweigen bewahren, denn es gibt keinen Grund, die Familie in unser Vorhaben einzuweihen.«

Honig ist nicht süßer, als es Kalamakes Stimme war, und Keola konnte seine Befriedigung kaum verhehlen.

»Ich hätte meine Ziehharmonika schon vor Wochen haben können«, dachte er, »und in der Welt braucht man nichts als ein wenig Mut.«

Bald darauf bemerkte er, wie Lehua heimlich weinte, und halb war er geneigt, ihr zu sagen, daß alles gut war.

»Doch nein«, dachte er, »ich werde warten, bis ich ihr die Ziehharmonika zeigen kann. Wir wollen sehen, was das Kindchen dann tut. Vielleicht wird sie künftig begreifen, daß ihr Ehemann doch klug ist.«

Sobald es dunkel war, ließen Schwiegervater und Schwiegersohn Pilis Boot zu Wasser und setzten die Segel. Die See ging hoch, und der Wind wehte stark; aber das Boot war schnell und leicht und trocken, und es flog nur so über die Wogen hin. Der Zauberer hatte eine Laterne, die er entzündete und an einem Finger durch den Ring hielt, und die beiden saßen im Achterschiff und rauchten Zigarren und redeten wie Freunde von Magie und von großen Summen Geldes, die sie sich mittels ihrer Anwendung verschaffen konnten, und davon, was sie als erstes kaufen würden und was als nächstes; und Kalamake sprach wie ein Vater.

Plötzlich blickte er sich rings um und zu den Sternen empor und zurück zur Insel, die schon zu drei Vierteln unter den Seehorizont gesunken war, und er schien seine Position sorgfältig zu überdenken.

»Schau!« sagte er, »dort ist Molokai schon weit hinter uns und Maui wie eine Wolke; und an der Stellung dieser drei Sterne erkenne ich, daß ich dort angekommen bin, wo ich zu sein vorhabe. Dieser Teil der See heißt das ›Meer der Toten‹. Sie ist an dieser Stelle außergewöhnlich tief, und der Meeresboden ist ganz mit menschlichen Gebeinen bedeckt, und in den Höhlen dort unten hausen Götter und Gnomen. Die Strömung geht nach Norden, stärker als ein Hai dagegen anzuschwimmen vermag, und wer hier über Bord eines Schiffes geworfen wird, den trägt sie wie ein wildes Roß in den entferntesten Ozean hinaus. Schon bald ist er entkräftet und geht unter, und seine Gebeine werden zu den übrigen verstreut, und Götter verschlingen seine Seele.«

Bei diesen Worten überkam Keola Furcht, und er schaute auf, und im Licht der Sterne und der Laterne schien sich der Hexenmeister zu verändern.

»Was fehlt dir?« rief Keola rasch und scharf.

»Mir fehlt gar nichts«, sagte der Zauberer, »aber einem anderen wird es hier sehr übel ergehen.«

Dabei wechselte er seinen Griff an der Laterne, und da! als er den Finger aus dem Ring zog, blieb der Finger stecken, und der Ring wurde gesprengt, und seine Hand war zur dreifachen Größe angewachsen.

Bei diesem Anblick schrie Keola auf und bedeckte sein Gesicht.

Aber Kalamake hielt die Laterne hoch. »Schau mir nur ins Gesicht!« sagte er – und sein Kopf war so riesig wie ein Faß, und noch immer wuchs und wuchs er, wie eine Wolke

auf einem Berg wächst, und Keola saß vor ihm und schrie, und das Boot jagte auf den schweren Seen dahin.
»So«, sagte der Zauberer, »was meinst du nun zu dieser Ziehharmonika? Meinst du nicht, daß du doch wohl lieber eine Flöte hättest? Nein?« sagte er. »Das ist gut, denn ich habe es nicht gern, wenn meine Familie wankelmütig ist. Aber ich glaube, ich sollte nun lieber aus diesem jämmerlichen Boot aussteigen, denn mein Rumpf schwillt zu ganz ungewöhnlichem Ausmaß an, und wenn wir nicht sehr achtgeben, wird es gleich kentern.«
Damit schwang er seine Beine über die Bordwand. Und währenddessen wuchs er zusehends um das Dreißig- und Vierzigfache an, so daß er bis zu den Achselhöhlen in der tiefen See stand und sein Kopf mit den Schultern wie eine hohe Insel aufragte, und die Dünung brach sich an seiner Brust, wie sie gegen ein Steilufer anbrandet und zerbirst. Das Boot hielt noch immer Kurs auf Norden, aber er streckte seine Hand aus und nahm das Dollbord zwischen Daumen und Zeigefinger und zerbrach die Seite wie ein Stück hartes Brot, und Keola wurde ins Meer geschleudert. Und die Stücke des Boots zerdrückte der Zauberer in seiner Faust und warf sie meilenweit in die Nacht hinaus.
»Verzeih, daß ich die Laterne mitnehme«, sagte er, »aber ich habe noch einen langen Weg zu waten, und das Land ist weit und der Meeresgrund uneben, und ich spüre die Gebeine unter meinen Zehen.«
Und er wandte sich um und ging mit großen Schritten davon, und so oft Keola in die Tiefe sank, konnte er ihn nicht mehr sehen; aber so oft er auf eine Woge gehoben wurde, sah er Kalamake in die Ferne entschreiten, und die Lampe hielt er hoch über seinem Kopf, und beim Gehen brachen sich die Wogen in weißer Gischt an ihm.
Seit die Inseln einst aus der See gehoben worden waren, hatte es nie einen so entsetzten Mann gegeben wie unseren Keola. Er schwamm freilich, aber er schwamm, wie junge Hunde

schwimmen, wenn sie ertränkt werden sollen und nicht wissen, weshalb. Er konnte nur noch an das riesenhafte Anschwellen des Hexenmeisters denken, an dieses Gesicht, das so groß wie ein Berg war, an diese Schultern, die so breit wie eine Insel waren, und an die Brecher, die vergeblich dagegen schlugen. Er dachte auch an die Ziehharmonika, und da ergriff ihn Scham, und an die Totengebeine, und da schüttelte ihn Furcht.

Jählings bemerkte er gegen die Sterne etwas Dunkles, das stark hin und her schwankte, und darunter ein Licht und einen Schein auf der zerrissenen See, und er hörte Menschenstimmen. Er rief laut, und jemand antwortete, und im nächsten Augenblick hing der Bug eines Schiffes über ihm, als schwebe er auf einer Woge, und senkte sich blitzschnell auf ihn herab. Er griff mit beiden Händen in die Ketten, war im nächsten Augenblick in der tosenden See begraben und wurde dann von Seeleuten an Bord gezogen.

Sie gaben ihm Zwieback und trockene Kleider und fragten ihn, wie er dorthin gekommen war, wo sie ihn gefunden hatten, und ob das Licht, das sie gesehen hatten, der Leuchtturm Lae o Ka Laau war. Aber Keola wußte, daß Weiße wie Kinder sind und nur ihre eigenen Geschichten glauben; also erzählte er über sich selbst, was ihm gerade in den Sinn kam, und was das Licht anging (das Kalamakes Laterne gewesen war), so schwor er, er habe keines gesehen.

Dieses Schiff war ein Schoner mit Kurs auf Honolulu, und später wollte er auf den Unteren Inseln Handel treiben; und zu Keolas ausgesprochenem Glück hatten sie bei einer heftigen Bö einen Mann vom Bugspriet verloren. Alles lange Reden hatte keinen Sinn. Keola durfte nicht auf den Hawaii-Inseln bleiben. Worte verbreiten sich so schnell, und alle reden so gern über Neuigkeiten. Selbst wenn Keola sich am Nordende von Kauai oder am Südende von Kau verbarg, würde der Zauberer noch im selben Monat davon Wind bekommen, und Keola würde dem Verderben anheimfallen.

Also tat er, was ihm das Vernünftigste schien, und heuerte als Matrose an der Stelle des Ertrunkenen an.
Einerseits war auf dem Schiff gut sein. Das Essen war außergewöhnlich reichhaltig, jeden Tag gab es Zwieback und Pökelfleisch und zweimal in der Woche Erbsensuppe und Pudding aus Mehl und Talg, so daß Keola dick wurde. Der Kapitän war auch ein guter Mann und die Besatzung nicht übler als andere Weiße.
Schlimm war es nur mit dem Maat. Noch nie war Keola einem Mann begegnet, mit dem so schwer auszukommen war, und der Maat schlug und verfluchte ihn jeden Tag – für das, was er tat, und für das, was er nicht tat. Die Schläge, die er austeilte, trafen gut, denn er war stark; und die Worte, die er gebrauchte, waren recht widerwärtig, denn Keola entstammte einer guten Familie und war Achtung gewohnt. Und das Allerschlimmste war, daß der Maat, wann immer Keola eine Gelegenheit zum Schlafen fand, wach war und ihn mit einem Tauende aufscheuchte. Keola erkannte, daß dies nie gut gehen würde, und er beschloß, sich davonzumachen.
Sie waren etwa seit einem Monat von Honolulu weg, als sie Land sichteten. Es war eine schöne sternenhelle Nacht, die See war glatt und der Himmel klar, und da war die Insel an Steuerbord voraus, ein Band aus Palmen auf die See hingebreitet. Der Kapitän und der Maat schauten sie durch das Nachtglas an und nannten ihren Namen und redeten über sie, neben dem Ruder, wo Keola steuerte. Offenbar war es eine Insel, an der keine Handelsschiffe anlegten. Soviel sich der Kapitän äußerte, war es überdies eine unbewohnte Insel, doch der Maat war anderer Meinung.
»Auf das Seeamtsverzeichnis gebe ich keinen Pfifferling«, sagte er. »Ich war eines Nachts auf dem Schoner ›Eugénie‹ hier draußen. Es war auch eine solche Nacht wie heute. Sie fischten bei Fackelschein, und der Strand war voller Lichter wie eine Stadt.« »Na gut«, sagte der Kapitän, »es ist tief bis zum Ufer hin, das ist das Wesentliche, und nach der Karte sind keine

Gefahrenstellen zu befürchten, also werden wir uns erst einmal dicht an ihrer Leeseite halten. Du sollst auf Kurs bleiben, hörst du nicht!« schrie er zu Keola herüber, der so angespannt zuhörte, daß er zu steuern vergaß.

Der Maat verfluchte ihn und schwor, wenn er ihn erst mit einer Pinne zu fassen bekäme, würde es ein schwarzer Tag für Keola werden.

Dann gingen der Kapitän und der Maat weg, und Keola war sich selbst überlassen.

»Diese Insel kommt mir gerade recht«, dachte er »Wenn es dort keine Händler gibt, kommt der Maat niemals hin. Und was Kalamake angeht, so ist es unmöglich, daß er jemals so weit kommt.«

Damit steuerte er den Schoner vorsichtig näher heran. Er mußte das lautlos tun, denn das Schlimme mit diesen weißen Männern und vor allem mit dem Maat war, daß man nie wußte, woran man mit ihnen war. Sie würden alle in tiefem Schlaf liegen oder doch so tun, und wenn ein Segel knatterte, würden sie aufspringen und mit Tauenden über ihn herfallen. Also ließ Keola das Schiff ganz sachte auf das Ufer zulaufen. Und plötzlich war das Land dicht voraus, und das Geräusch der See an der Bordwand wurde laut.

Da setzte sich der Maat jäh auf. »Was tust du da?« brüllte er. »Du bringst ja das Schiff an Land!«

Und er sprang mit einem großen Satz auf Keola los, und Keola sprang auch, flugs über die Reling, und plumpste in die sternenhelle See. Als er wieder auftauchte, hatte der Schoner auf seinen ursprünglichen Kurs abgedreht, der Maat stand selbst am Ruder, und Keola hörte ihn fluchen. An der Leeseite der Insel war die See glatt; es war auch warm, und Keola hatte sein Seemannsmesser bei sich und daher keine Furcht vor Haien. Nicht weit vor ihm hörten die Bäume auf; hier war eine Lücke in der Uferlinie wie eine Hafeneinfahrt. Die Flut, die gerade herrschte, hob ihn hoch und trug ihn hindurch. Gerade war er noch draußen, doch schon in der nächsten

Minute drinnen, dort trieb er im weithin sich erstreckenden Wasser, und um ihn her war der Ring aus Land mit seiner Kette Palmbäume. Er war verwundert, denn von einer solchen Insel hatte er noch nie gehört.

Keolas Aufenthalt an diesem Ort war in zwei Zeiträume geteilt – in die Zeit, als er allein war, und die Zeit, als er dort mit dem Inselvolk zusammen war. Zuerst suchte er überall, aber er fand keinen Menschen, nur einige Häuser in einem Dörfchen und die Spuren von Feuer. Doch die Asche dieser Feuerstellen war kalt, der Regen hatte sie weggespült; der Wind hatte geweht und etliche Hütten waren eingefallen. Hier schlug er sein Lager auf. Er machte sich ein Reibholz zum Feueranzünden, einen Angelhaken aus einer Muschel. Er fischte, kochte seine Fische und holte sich grüne Kokosnüsse, deren Saft er trank, denn auf der ganzen Insel gab es kein Wasser. Die Tage wurden ihm lang, die Nächte waren fürchterlich. Er machte sich eine Lampe aus einer Kokosnuß, preßte das Öl aus den reifen Nüssen und machte einen Docht aus Fasern. Wenn der Abend kam, verriegelte er seine Hütte und entzündete seine Lampe und lag da und zitterte bis zum Morgen. Manches Mal dachte er in seinem Herzen, er läge besser auf dem Meeresgrund und seine Knochen rollten dort bei den anderen umher.

All die Zeit blieb er an der Innenseite der Insel, da die Hütten am Lagunenstrand standen, denn dort gediehen die Palmen am besten, die Lagune selbst wimmelte von guten Fischen. Zur anderen Seite ging er nur ein einziges Mal, er warf nur einen Blick auf den Meeresstrand und ging heftig zitternd wieder weg. Denn dieser Anblick mit dem hellglänzenden Sand und den verstreuten Muscheln, der grellen Sonne und der Brandung machte ihn beklommen.

»Es ist nicht möglich«, dachte er, »und doch ist es ganz gleich hier. Wie kann ich sicher sein? Diese Weißen, auch wenn sie vorgeben, ihren Segelkurs immer zu kennen, können wie andere Leute auch einmal fehlgehen. Also sind wir vielleicht doch im Kreis gesegelt. Ich mag ganz nahe bei Molokai sein, und dies mag eben jener Strand sein, wo mein Schwiegervater seine Dollars sammelte.«

Also war er von nun an vorsichtig und hielt sich nur landeinwärts auf.

Es war vielleicht einen Monat später, als die Einheimischen ankamen – in sechs großen vollbesetzten Booten. Sie waren eine schöne Rasse, ihre Sprache klang ganz anders als die Sprache von Hawaii, aber so viele Worte waren die gleichen, daß sie nicht schwer zu verstehen war. Die Männer waren sehr höflich und die Frauen sehr freundlich. Sie hießen Keola willkommen, bauten ihm ein Haus und gaben ihm eine Frau. Am meisten aber verwunderte ihn, daß er niemals mit den jungen Männern zur Arbeit geschickt wurde.

Nun kamen drei Zeiten für Keola. Erst erlebte er eine Zeit großer Trauer, danach eine Zeit, da er munter und fröhlich war. Zuletzt kam die dritte Zeit, als er der angstvollste Mann an den vier Ozeanen war.

Die Ursache der ersten Zeit war das Mädchen, das er zum Weib hatte. Über die Insel hatte er seine Zweifel, und über die Sprache, von welcher er so wenig gehört hatte, als er mit dem Zauberer auf der Matte dorthin kam, hätte er sich auch täuschen können. Aber über seine Frau war kein Irrtum möglich, denn sie war dasselbe Mädchen, das schreiend vor ihm in den Wald geflohen war. Also war er diesen weiten Weg gesegelt und hätte ebensogut auf Molokai bleiben können; er hatte sein Heim, sein Weib und all seine Freunde verlassen, und das nur, um seinem Feind zu entrinnen. Und nun war der Ort, an den er gelangt war, das Jagdrevier des Hexenmeisters und die Stätte, wo er unsichtbar einherging. Zu jener Zeit hielt sich Keola immer nahe der Lagune auf und verbarg sich, so oft er es wagen konnte, im Schutz seiner Hütte.

Die Ursache der zweiten Zeit waren Worte, die er seine Frau und die Inselhäuptlinge reden hörte. Keola selbst sprach wenig.

Er traute seinen neuen Freunden nie so ganz, denn nach seiner Ansicht waren sie zu höflich, um ihm genehm zu sein, und seit er mit seinem Schwiegervater besser bekannt geworden war, ließ er mehr Vorsicht walten. Also erzählte er ihnen nichts über sich selbst, nur seinen Namen und seine Herkunft, und daß er von den Hawaii-Inseln kam, und vom Königspalast in Honolulu, und wie er mit dem König und den Missionaren eng befreundet war. Aber er stellte viele Fragen und erfuhr vieles.
Die Insel, wo er war, hieß die »Insel der Stimmen«. Sie gehörte dem Stamm, doch ihre Heimat hatten die Leute auf einer anderen Insel, drei Segelstunden nach Süden. Dort wohnten sie und hatten ihre festen Häuser, und es war eine reiche Insel, wo es Eier und Hühner und Schweine gab, und Schiffe legten an und brachten Rum und Tabak. Dorthin war der Schoner nach Keolas Flucht gefahren; und dort war auch der Maat gestorben. Anscheinend hatte gerade bei der Ankunft des Schiffs die unzuträgliche Jahreszeit auf jener Insel begonnen, wenn die Fische in der Lagune giftig sind und allen, die davon essen, der Leib anschwillt, so daß sie sterben. Der Maat erfuhr davon. Er sah, wie die Boote vorbereitet wurden, denn zu dieser Jahreszeit verlassen die Leute jene Insel und segeln zur Insel der Stimmen. Doch er war ein törichter Weißer, der außer seinen eigenen keine Geschichten glaubte. Er fing einen dieser Fische, kochte und aß ihn, und sein Leib schwoll an und er starb.
Die Insel der Stimmen lag also während der meisten Zeit des Jahres einsam da. Nur hin und wieder kam eine Bootsmannschaft und holte Kopra. In der schlechten Jahreszeit, wenn die Fische auf der Hauptinsel giftig waren, wohnte der Stamm geschlossen dort. Ihr Name rührte von einem Wunder her, denn offenbar war der dem offenen Meer zugewandte Strand ganz von unsichtbaren Teufeln besessen; Tag und Nacht hörte man sie in fremden Sprachen miteinander reden. Tag und Nacht flammten auf dem Strand kleine Feuer auf

und wurden wieder ausgelöscht. Woher dieses Treiben rührte, wußte niemand zu sagen. Keola fragte die Leute, ob es auf ihrer eigenen Insel, wo sie wohnten, auch so war, und sie sagten nein, dort nicht, und auch nicht auf irgendeiner der mehreren hundert anderen Inseln, die hier überall im Meer lagen. Es war etwas, das nur auf der Insel der Stimmen auftrat. Sie erzählten ihm auch, diese Feuer und Stimmen seien stets auf der Meerseite und am meerzugewandten Waldrand. Ein Mann könne zweitausend Jahre lang an der Lagune leben (wenn er so lange leben könnte) und niemals in irgendeiner Weise belästigt werden, selbst an der Meerseite taten die Teufel keinem etwas zuleide, wenn man sie in Ruhe ließ. Nur einmal hatte ein Häuptling einen Speer nach einer der Stimmen geworfen, und in derselben Nacht stürzte er von einer Kokospalme und war tot.

Keola dachte sich sehr wohl sein Teil. Er erkannte, daß er nichts zu befürchten hatte, wenn der Stamm zur Hauptinsel zurückkehrte, und daß er sich lediglich an der Lagune aufhalten müßte, aber ihm stand der Sinn danach, die Dinge zum Besten zu wenden, sofern er es vermochte. Also erzählte er dem Oberhäuptling, er sei schon einmal auf einer Insel gewesen, wo die gleiche Plage herrschte, und die Leute dort hätten einen Weg gefunden, um ihrer Herr zu werden.

»Dort wuchs ein Baum im Busch«, sagte er, »und es hatte den Anschein, daß diese Teufel sich dessen Blätter holten. Also fällten die Inselbewohner diesen Baum, wo immer sie ihn fanden, und die Teufel kamen nicht wieder.«

Sie fragten, was für eine Art Baum das war, und er zeigte ihnen den Baum, dessen Blätter Kalamake verbrannt hatte. Sie konnten es schwerlich glauben, aber die Vorstellung reizte sie. Abend für Abend berieten die Alten in ihrer Runde, aber der Oberhäuptling (obgleich er ein tapferer Mann war) hatte Furcht bei der Sache und hielt ihnen täglich vor, wie jener Häuptling einen Speer nach den Stimmen geworfen und den Tod gefunden hatte.

Der Gedanke daran brachte alles wieder zum Stillstand.
Obwohl er die Zerstörung der Bäume noch nicht bewirken konnte, war Keola doch recht zufrieden und begann geselliger zu werden und sich seines Lebens zu freuen. Unter anderem war er seiner Frau mehr zugewandt, so daß das Mädchen ihn allmählich sehr liebgewann. Eines Tages kam er zur Hütte, und da lag sie wehklagend auf dem Fußboden.
»Oh«, sagte Keola, »was ist dir denn?«
Sie erklärte, es sei nichts.
In derselben Nacht weckte sie ihn. Die Lampe brannte nur schwach, aber er sah ihrem Gesicht an, daß sie Kummer hatte.
»Keola«, sagte sie, »leg dein Ohr an meinen Mund, damit ich flüstern kann, denn niemand darf uns hören. Geh zwei Tage, ehe sie die Boote bereitzumachen beginnen, zur Seeseite der Insel und verbirg dich im Dickicht. Du und ich, wir werden den Ort vorher bestimmen und Essen verstecken. Und jeden Abend werde ich in die Nähe kommen und singen. Wenn also ein Abend kommt und du mich nicht hörst, wirst du wissen, daß wir alle von der Insel weg sind, und dann kannst du wieder hervorkommen und sicher sein.«
Keolas Seele in seinem Innern starb.
»Was soll das?« rief er. »Ich kann nicht unter Teufeln leben. Ich will nicht auf dieser Insel zurückgelassen werden. Ich wünsche mir nichts mehr, als sie zu verlassen.«
»Du wirst sie niemals lebend verlassen, mein lieber Keola«, sagte das Mädchen, »denn damit du es nur weißt: meine Leute sind Menschenfresser, doch das halten sie geheim. Der Grund, aus dem sie dich vor unserer Abfahrt töten werden, ist der, daß zu unserer Insel Schiffe kommen und dort ein weißer Händler wohnt, in einem Haus mit einer Veranda. Oh, das ist wirklich ein schönes Haus! Der Händler hat Fässer voller Mehl, und einmal kam ein französisches Kriegsschiff in die Lagune, und alle bekamen Wein und Kuchen. Ach, mein armer Keola, ich wollte, ich könnte dich dorthin mitnehmen, denn

groß ist meine Liebe zu dir, und es ist der schönste Ort in der See außer Papeete.«

So war Keola nun der angstvollste Mann in den vier Ozeanen. Er hatte von Menschenfressern auf den südlichen Inseln gehört, vor dieser Sache hatte er sich schon immer gefürchtet; und da klopfte sie nun an seine Tür. Außerdem hatte er von Reisenden gehört, wie sie vorgehen, wie sie, wenn sie die Lust ankommt, einen Menschen zu fressen, ihm Gutes tun und ihn verwöhnen wie eine Mutter ihr Lieblingskind. Er erkannte, daß es sich bei ihm so verhalten mußte; deshalb also hatte man ihm ein Haus und zu essen gegeben und ihn nicht zur Arbeit herangezogen; und deshalb redeten die Alten und die Häuptlinge mit ihm wie mit einem Mann von Gewicht. Er lag auf seinem Bett und verfluchte das Schicksal. Das Fleisch zog sich ihm auf den Knochen zusammen.

Am anderen Tag waren die Leute vom Stammesvolk sehr höflich, wie es ihre Art war.

Sie wußten schön zu reden, sie machten wunderbare Gedichte und scherzten bei den Mahlzeiten. Doch ihre feinen Sitten kümmerten Keola herzlich wenig. Er sah nur die weißen Zähne in ihrem Mund blinken, und ihm wurde übel bei diesem Anblick. Als sie mit Essen fertig waren, ging er weg und lag im Busch wie ein Toter.

Am nächsten Tag war es das gleiche, und da folgte ihm sein Weib nach.

»Keola«, sagte sie, »wenn du nicht ißt, sage ich dir rundheraus, daß du morgen getötet und gekocht wirst. Ein paar von den alten Häuptlingen murmeln schon davon. Sie glauben, du seist krank geworden und würdest nun vom Fleisch fallen.«

Da stand Keola auf, Zorn brannte in ihm.

»Wenig kümmert es mich, ob es so oder anders kommt«, sagte er. »Ich bin zwischen dem Teufel und dem tiefen Meer. Da ich nun schon sterben muß, so laß mich auf dem schnellsten Weg sterben. Und da ich obendrein noch aufgefressen werden muß, so laß mich lieber von Dämonen als von Menschen

gefressen werden. Leb wohl«, sagte er, ließ sie stehen und lief zur Seeseite der Insel.
Der Strand lag in der prallen Sonne öde da. Von Menschen war nichts zu sehen, nur der Sand war zertreten. Während er einherging, sprachen und flüsterten rings um ihn her die Stimmen, und die kleinen Feuer sprangen empor und brannten nieder. Alle Sprachen der Erde wurden dort gesprochen: Französisch, Holländisch, Russisch, Tamulisch, Chinesisch. Aus jedem Land, wo man die Zauberei kennt, waren etliche da die Keola ins Ohr flüsterten. Und als er weiterging, sah er die Muscheln vor sich verschwinden und keinen, der sie aufsammelte. Ich glaube, der Satan hätte sich gefürchtet, in solcher Gesellschaft allein zu sein; Keola aber war jenseits von Furcht und suchte den Tod. Als die Feuer aufloderten, sprang er wie ein Stier darauf los. Körperlose Stimmen sandten Rufe hin und her; unsichtbare Hände schütteten Sand auf die Flammen, und sie hatten den Strand verlassen, ehe er sie erreichte.
»Ganz sicher ist Kalamake nicht hier«, dachte er, »sonst wäre ich schon längst getötet worden.«
Darauf setzte er sich am Waldrand nieder, denn er war müde, und stützte das Kinn in die Hände. Das Treiben vor seinen Augen setzte sich fort; überall auf dem Strand plapperten die Stimmen, und die Feuer sprangen empor und sanken herab, die Muscheln verschwanden und erschienen von neuem, noch während er hinschaute.
»Das war ein ruhiger Tag, als ich zuvor hier war«, dachte er, »denn gegen dies hier war er gar nichts.«
Und im Kopf wurde ihm schwindlig beim Gedanken an die Millionen und Abermillionen Dollar und all die Hunderte und Aberhunderte Menschen, die sie vom Strand auflasen und sich dann höher und schneller als Adler in die Luft schwangen.
»Man denke, wie sie mich mit ihrem Gerede über Prägepressen zum Narren gehalten haben«, sagte er, »wo es doch klar ist,

daß all das neue Geld auf der ganzen Welt auf diesem Sand gesammelt wird! Aber künftig weiß ich das besser!« sagte er. Schließlich – er wußte nicht recht, wie oder wann – übermannte Keola der Schlaf, und er vergaß die Insel und all seinen Kummer.

Früh am nächsten Tag, ehe die Sonne aufgegangen war, weckten ihn Umtriebe. Er erwachte voll Angst, denn er dachte, das Stammesvolk hätte ihn im Schlaf überrascht; aber davon war nicht die Rede. Nur die körperlosen Stimmen riefen und schrien laut, und es schien, als zögen sie alle rasch an ihm vorüber, die Inselküste entlang.

»Was ist nun wieder im Gange?« dachte Keola. Er merkte deutlich, daß es etwas Außergewöhnliches war, denn keine Feuer wurden entfacht und keine Muscheln aufgelesen, sondern die körperlosen Stimmen eilten fort und fort den Strand entlang, rufend und ersterbend. Dem Klang nach zu urteilen, waren die Zauberer erzürnt.

»Nicht meinetwegen sind sie erzürnt«, dachte Keola, »denn sie ziehen dicht an mir vorüber.«

Als ob Jagdhunde oder Rennpferde vorüberlaufen, oder Stadtleute zu einem Brand eilen und alles Volk sich anschließt und nachfolgt, so war es nun mit Keola. Und er wußte weder, was er tat, noch warum er es tat, aber – er lief mit den Stimmen. Also umrundete er eine Landspitze, und dies verschaffte ihm die Sicht auf eine andere; und dort wuchsen, wie er sich entsann, die Zauberbäume dicht an dicht in einem Wald. Von dieser Landspitze drang lautes Stimmengewirr herüber; und wie es sich anhörte, hielten die, mit denen er lief, ebenfalls auf diesen Ort zu. Ein wenig näher, und mit den Ausrufen mischte sich das Krachen vieler Äxte. Und dabei kam ihm der Gedanke, daß der Oberhäuptling endlich doch zugestimmt hatte: daß die Männer des Inselstammes sich zusammengetan hatten, um diese Bäume zu fällen; daß sich die Kunde von Zauberer zu Zauberer über die Insel verbreitet hatte und sie sich nun alle versammelten, um ihre Bäume zu verteidigen.

Eine seltsame Neugier trieb ihn dahin. Er eilte mit den Stimmen weiter, quer über den Strand, kam zum Waldrand und blieb erstaunt stehen. Da war das Inselvolk, dicht gedrängt. Sie standen Rücken an Rücken, und Leiber lagen am Boden, und Blut floß zu ihren Füßen. Die Blässe der Furcht war auf allen Gesichtern, und ihre Stimmen drangen zum Himmel, so schrill wie der Schrei eines Wiesels.

Habt ihr schon ein Kind gesehen, das ganz allein ist und ein hölzernes Schwert hat und kämpft, mit Sprüngen und Hieben in die leere Luft? Genau so drängten sich die Menschenfresser Rücken an Rücken, schwangen ihre Äxte empor und hieben los, und schrien beim Hauen, und da – keiner kämpfte gegen sie! Nur hier und da sah Keola eine Axt ohne Hände über ihnen zuschlagen, und hin und wieder wurde ein Mann des Volkes gefällt, in zwei Hälften gespalten oder in Stücke gehauen, und seine Seele entfloh mit Geheul.

Eine Zeitlang schaute Keola zu wie ein Träumender, dann packte ihn die Furcht tief innen, scharf wie der Tod, daß er solches Geschehen mit ansehen mußte. In diesem Augenblick erspähte ihn der Oberhäuptling des Stammes, zeigte auf ihn und rief seinen Namen. Darauf erblickte ihn das ganze Volk, ihre Augen blitzten, ihre Zähne schlugen aufeinander.

»Ich bin schon zu lange hier«, dachte Keola und lief wieder aus dem Wald heraus und über den Strand, ohne Ziel.

»Keola!« sagte eine Stimme dicht neben ihm auf dem öden Sand.

»Lehua! Bist du das?« rief er verwundert und hielt vergeblich nach ihr Ausschau.

»Ich sah dich zuvor schon vorüberkommen«, antwortete die Stimme, »aber du wolltest mich nicht hören. Rasch! hol die Blätter und Kräuter und laß uns fliehen.«

»Du bist hier mit der Matte?« fragte er.

»Hier an deiner Seite«, sagte sie. Und er spürte ihre Arme um seinen Leib. »Rasch! die Blätter und Kräuter, ehe mein Vater zurückkommen kann!«

Da lief Keola um sein Leben und holte die Nahrung für das Zauberfeuer. Lehua geleitete ihn zurück und setzte seine Füße auf die Matte und entfachte das Feuer. So lange es brannte, drang der Schlachtenlärm aus dem Wald: die Zauberer und die Menschenfresser in heftigem Kampf; die Zauberer, die Unsichtbaren, mit lautem Gebrüll wie Stiere auf dem Berg, und die Männer des Inselvolkes in schriller, wilder Entgegnung aus den Tiefen ihrer gepeinigten Seelen. So lange das Feuer brannte, stand Keola da und lauschte und bebte und sah, wie Lehuas unsichtbare Hände die Blätter hinstreuten. Sie streute sie rasch aus, die Flamme schlug empor und versengte Keolas Hände. Lehua beeilte sich und fachte den Brand mit ihrem Atemhauch an. Das letzte Blatt war aufgezehrt, die Flamme sank herab, der Schlag folgte, und dann waren Keola und Lehua in ihrem Zimmer zu Hause.

Als nun Keola sein Weib endlich sehen konnte, war er hoch erfreut. Er war ebenso hoch erfreut, wieder daheim auf Molokai zu sitzen, neben sich eine Schüssel mit Poi – denn auf Schiffen wird kein Poi gemacht, und auf der Insel der Stimmen gab es auch keines – und den Händen der Menschenfresser heil entronnen zu sein. Aber eine andere Sache war nicht so klar. Lehua und Keola redeten die ganze Nacht darüber und machten sich Sorgen. Kalamake war auf der Insel zurückgeblieben. Wenn er nur mit Gottes Hilfe dort bleiben könnte, war alles gut; sollte er aber entkommen und nach Molokai zurückkehren, würde es ein böser Tag für seine Tochter und ihren Mann werden. Sie sprachen von seiner Gabe, sich riesenhaft aufzublähen, und davon, ob er wohl den ganzen Weg übers Meer herwaten konnte. Aber Keola wußte inzwischen, wo diese Insel war – nämlich im Unteren oder Gefahrvollen Archipel. Also holten sie den Atlas und sahen auf der Karte nach, wie groß die Entfernung war, und soweit sie es abzuschätzen vermochten, schien es ein weiter Fußmarsch für einen alten Herrn. Dennoch war es nicht ratsam, sich eines Hexenmeisters wie Kalamake allzu sicher zu sein, und schließlich

entschieden sie sich, den Rat eines weißen Missionars einzuholen.
Dem ersten, der vorüberkam, berichtete also Keola alles. Und der Missionar erteilte ihm einen sehr strengen Verweis, weil er sich auf der Insel eine zweite Frau genommen hatte; aber was alles übrige anging, so versicherte er hoch und heilig, darauf könne er sich keinen Reim machen.
»Freilich«, sagte er, »wenn ihr meint, dieses Geld eures Vaters sei unrechten Ursprungs, so würde ich euch raten, etwas davon den Leprakranken und etwas der Missionsstation zu geben. Und all dieses unglaubliche Gefasel behaltet ihr künftig am besten für euch.«
Aber er meldete der Polizei in Honolulu, daß nach seinen Ermittlungen Kalamake und Keola Falschgeld geprägt hatten und es nicht verfehlt sei, sie im Auge zu behalten.
Keola und Lehua befolgten seinen Rat und spendeten viele Dollars für die Leprakranken und die Mission. Und der Rat war zweifellos gut gewesen, denn seit damals bis zum heutigen Tag hat man von Kalamake nichts mehr gehört. Aber ob er in der Schlacht von den Bäumen erschlagen wurde oder ob er noch immer auf der Insel der Stimmen umherläuft – wer vermag das zu sagen?

Peycrafts Kur

H. G. Wells

Da sitzt er – keine zehn Schritte von mir! Ich brauche bloß den Kopf zu drehen, so seh' ich ihn. Und wenn ich seinem Blick begegne – und wann begegnete ich seinem Blick nicht? – so liegt darin ein Ausdruck... flehend in der Hauptsache. Und doch auch ein wenig mißtrauisch...

Der Kuckuck hol's, dies Mißtrauen! Wenn ich ihn verklatschen wollte, – ich hätte es ja längst getan! Aber ich bin kein altes Waschweib... kann er nicht friedlich sein? Na ja, als ob so ein dicker, fetter Kerl überhaupt friedlich sein könnte! Übrigens – wer würde mir's überhaupt glauben, wenn ich's erzählte?

Armer alter Kerl! Großer, dicker, ewig unruhiger Wackelpeter! Der fetteste Klubmensch in ganz London!

Da sitzt er – an einem der kleinen Klubtische – in dem großen Erker neben dem Kamin. Und futtert. Was futtert er eigentlich wieder? Ich blicke scharf hinüber und erwische ihn, wie er eben ein großes Stück von einem warmen Butterkuchen abbeißt... unentwegt den Blick auf mich gerichtet!

Aber weißt du, lieber Peycraft, das schlägt denn doch dem Faß den Boden aus! Wenn du einmal so gemein sein mußt, wenn du dich absolut gebärden mußt, als wäre ich kein Mann von Ehre... na schön! Hier, direkt unter deiner fettumpolsterten Nase will ich die Geschichte auch niederschreiben... nackt und unverhüllt... die Geschichte von Peycrafts Kur! Die Geschichte dieses Menschen, dem ich geholfen habe, den ich beschützt habe, und der mir zum Dank dafür meinen Klub verleidet hat – – absolut verleidet! Einfach durch sein ewiges schwammiges Dasein! Einfach durch sein ewiges flehentliches Anstarren: Nicht petzen, nein!

Und überhaupt... warum muß der Kerl immerzu futtern? Na! Nun soll aber mal die Wahrheit zutage! Die glatte Wahrheit! Und nichts als die Wahrheit!
Also – Peycraft... Seine Bekanntschaft machte ich eben in diesem Rauchzimmer. Ich war damals ein neues Klubmitglied... jung... und nervös... Und das sah er. Ich saß ganz allein und wünschte, ich würde doch mehr Menschen hier kennen, da kam er plötzlich auf mich zu... eine große, fette Masse... ein Kinn und ein Bauch... und grunzte irgend etwas und setzte sich auf einen Sessel dicht neben mich. Darauf schnaufte er eine Weile, kratzte mit einem Streichholz herum und redete mich schließlich an. Was er sagte, habe ich vergessen... irgendwas wie, daß die Streichhölzer nichts taugten. Und auch später, als er immer weitersprach, unterbrach er sich, so oft ein Kellner vorbeikam, um sich in seiner dünnen Fistelstimme über die Streichhölzer zu beklagen. Na, jedenfalls – so ungefähr fing unsere Bekanntschaft an. Er redete von wer weiß was allem und kam schließlich auf den Sport. Und von da auf meine Figur und meinen Teint. »Wenn einer, so müßten Sie ein guter Kricketspieler sein!« sagte er. Nun glaube ich ja, ich bin schlank – so schlank, daß manche es schon hager nennen würden. Und ziemlich brünett bin ich auch, glaube ich...
Na ja, zu schämen brauchte ich mich ja nicht, daß ich eine Hindu-Urgroßmutter habe. Aber immerhin... ich liebe es nicht, wenn landfremde Menschen das so auf den ersten Blick herausfinden. So daß ich wirklich von Anfang an recht gegen Peycraft eingenommen war.
Der aber sprach von seiner Korpulenz, endlos von seiner Korpulenz; vor allem, was er gegen seine Korpulenz tue, und was er noch gegen seine Korpulenz tun wolle, was ihm die Leute geraten hätten, was andere gegen ihre Korpulenz getan hätten. »A priori«, sagte er, »sollte man doch denken, einer Frage der Ernährung könnte man durch Diät beikommen und der Frage der Stoffbildung durch Mittel.« Es war zum Erstik-

ken! Es war zum Platzen. Wie vollgepfropft von festen Mehlklößen kam ich mir vor, wie ich so zuhörte!

So was läßt man sich schließlich, wenn's sein muß, in einem Klub einmal gefallen. Aber es kam eine Zeit, in der ich doch das Gefühl hatte, ich ließe mir zu viel gefallen. Es war zu verdächtig, wie er sich an mich hing! Sobald ich ins Rauchzimmer trat, kam er auch schon auf mich zugequabbelt; und oft, wenn ich frühstückte, kam er auch und wälzte sich um mich herum. Manchmal schien es fast, als klammerte er sich geradezu an mich. Unausstehlich war der Kerl; wenn sich seine Unausstehlichkeit auch nicht allein auf mich konzentrierte. Aber von Anfang an lag in seinem ganzen Benehmen etwas – ja, fast als wüßte er – als erriete er, daß ich vielleicht – – – daß für ihn in mir eine ganz ferne, außergewöhnliche Möglichkeit lag, die niemand sonst ihm zu bieten hätte...

»Alles würde ich drum geben, wenn ich abnehmen könnte«, sagte er immer wieder. »Alles!« Und dabei blinzelte er mich über seine umfangreichen Backen weg an und schnaufte... Armer alter Kerl. Eben hat er geklingelt – – jedenfalls um noch einen Butterkuchen zu bestellen!

Eines Tages kam er endlich zur Sache. »Unsere Arzneikunde«, sagte er, »unsere abendländische Arzneikunde hat in der medizinischen Wissenschaft noch lange nicht das letzte Wort gesprochen. Im Orient, hab' ich mir sagen lassen – –«

Er verstummte und stierte mich an. Ich kam mir vor wie in einem Aquarium. Ein plötzlicher Zorn gegen ihn überkam mich. »Sagen Sie mal«, sagte ich, »wer hat Ihnen von den Rezepten meiner Urgroßmutter erzählt?«

»Wieso?« versuchte er auszuweichen.

»Seit acht Tagen – so oft wir zusammen waren« – sagte ich – und wir waren oft genug zusammen, wahrhaftig! – »haben Sie nichts anderes getan, als auf diesem, meinem kleinen Privatgeheimnis herumzureiten!«

»Na schön!« sagte er. »Die Katze ist ja doch einmal aus dem Sack.

Also ja – ich geb's zu. Ich weiß es von – –«

»Von Pattison?«

»Indirekt«, sagte er (natürlich war das erlogen!). »Ja.«

»Pattison«, sagte ich, »hat das Zeug ganz auf seine eigene Verantwortung hin geschluckt!«

Er kniff die Lippen zusammen und machte mir eine Verbeugung.

»Die Rezepte meiner Urgroßmutter«, fuhr ich fort, »sind wirklich nicht so ganz einfach zu handhaben. Mein Vater war drauf und dran, mir das Versprechen abzunehmen – – –«

»Und hat er's getan?«

»Nein. Aber gewarnt hat er mich. Er hat selber einmal eins gebraucht. Ein einziges Mal.«

»Ah!... Aber was meinen Sie? – – – Wenn – – wenn also zum Beispiel zufällig eins dabei wäre, das...«

»Es sind sonderbare Dokumente, die Dinger!« sagte ich. »Schon allein, wie sie riechen... Nein!«

Aber da er mich nun doch mal so weit hatte, war Peycraft auch ganz entschlossen, mich noch weiter zu treiben. Ich muß gestehen... in mir steckte immer eine Art Angst, er könnte, wenn ich seine Geduld auf eine gar zu harte Probe stellte, auf einmal über mich herfallen und mich erdrücken. Nun ja, ich war ja feige, ich gesteh's. Aber Peycraft erboste mich auch! Ich war nach und nach so weit gekommen, daß ich die größte Lust hatte zu sagen: »Na also, so riskieren Sie's doch!« Die kleine Sache mit Pattison, auf die ich angespielt habe, war überhaupt etwas ganz anderes gewesen. Was, das gehört nicht hierher; jedenfalls wußte ich, daß das Rezept, das ich damals anwendete, harmlos war. Von den übrigen wußte ich weiter nicht viel; aber ihre Harmlosigkeit schien mir immerhin mehr als zweifelhaft. Und doch – schließlich, wenn Peycraft sich damit vergiftete – – –

Ich muß gestehen – Peycraft vergiften – das stand vor mir wie ein Riesenunternehmen!

Noch am selben Abend holte ich den merkwürdigen, seltsam

duftenden Sandelholzkasten aus meinem Geldschrank und besah mir die raschelnden Pergamente. Der alte Herr, der die Rezepte für meine Urgroßmutter aufschrieb, hatte augenscheinlich eine Schwäche für Tierfelle allerwinzigsten Ursprungs besessen, und seine Schrift war fast unleserlich klein. Ja, manches war tatsächlich vollständig unleserlich für mich, obgleich sich in meiner Familie, durch ihre Beziehungen zum indischen Kolonialdienst, die Kenntnis des Hindostani von Generation zu Generation fortgeerbt hat. Ganz klar und deutlich war überhaupt keins. Trotzdem fand ich das eine, von dessen Vorhandensein ich wußte, bald genug; und eine ganze Weile hockte ich neben meinem Geldschrank auf dem Boden und guckte es an.

»Also – halt!« sagte ich am nächsten Tag zu Peycraft, indem ich das Pergament noch vor seinem gierigen Griff rettete. »So viel ich davon verstehe, ist das ein Rezept für Abnahme von Körpergewicht. (»Ha!« sagte Peycraft.) Ganz sicher bin ich nicht. Aber ich glaube, es ist so. Und wenn ich Ihnen gut raten soll, so lassen Sie die Finger davon! Denn sehen Sie, Peycraft – ich schwärze in Ihrem Interesse nur mein eigen Fleisch und Blut an! – meine Vorfahren nach der Seite hin waren, so viel ich weiß, ein bißchen merkwürdiger Art – wissen Sie?«

»Ich möcht's versuchen!« sagte Peycraft.

Ich lehnte mich in meinem Stuhl zurück. Meine Phantasie versuchte, sich zu einer mächtigen Leistung aufzuschwingen – – und sank hoffnungslos in sich zusammen. »Wie um Himmels willen stellen Sie sich das vor, Peycraft«, sagte ich, »wie Sie aussehen werden, wenn Sie mager sind?«

Aber da halfen keinerlei Vernunftgründe. Ich nahm ihm also das Versprechen ab, nie wieder – was auch geschähe – mir gegenüber ein Wort über seine widerliche Korpulenz zu verlieren, – nie wieder. – – Und daraufhin überließ ich ihm das kleine Stückchen Pergament.

»Ekliges Zeug ist es«, sagte ich.

»Einerlei«, sagte er. Und nahm es.

Er glotzte es an. »Aber... aber...« stotterte er.

Denn er hatte eben entdeckt, daß es nicht Englisch war.

»Ich werde Ihnen, so gut ich kann, die Geschichte übersetzen«, erwiderte ich.

Ich übersetzte es auch – so gut ich konnte. Daraufhin redeten wir vierzehn Tage lang überhaupt nicht miteinander. So oft er sich mir näherte, runzelte ich die Stirn und bedeutete ihm, mir vom Leib zu bleiben. Und er respektierte unsern Vertrag. Aber nach vierzehn Tagen war er so dick wie zuvor. Schließlich bestand er darauf zu reden.

»Ich muß reden«, sagte er. »Die Geschichte stimmt nicht. Irgendetwas ist nicht in Ordnung. Es hat nicht geholfen. Sie verunrechten Ihre Urgroßmutter!«

»Wo ist das Rezept?«

Er zog es behutsam aus seiner Brieftasche.

Ich überflog die einzelnen Zutaten.

»War das Ei faul?« fragte ich.

»Nein. Hätte es das sein sollen?«

»Das«, erwiderte ich, »versteht sich ganz von selbst in allen Rezepten meiner geliebten Urgroßmutter. Wo besondere Vorschriften betreffs Qualität usw. fehlen, müssen Sie immer das Schlechteste nehmen. Wenn sie was war, so war sie drastisch... Dann sind da – bei ein paar anderen Dingen – noch allerhand Möglichkeiten... Sie haben frisches Klapperschlangengift genommen?«

»Ja. Ich hab' mir eine Klapperschlange verschafft. Sie kostete – kostete...«

»Na ja, das ist Ihre Sache! Und hier – diese letzte Zutat...«

»Ich weiß einen Mann, der...«

»Jawohl. Hm. Na schön... ich werd' alles noch einmal aufschreiben. Soweit ich's verstehe, sind die Zutaten gerade zu dem Rezept besonders scheußlich. Übrigens – Hund – das soll hier wahrscheinlich Paria-Hund heißen.«

Von da ab sah ich Peycraft vier Wochen lang täglich im Klub

– so fett und so sorgenvoll wie je. Er hielt zwar unsern Vertrag ein, brach ihn aber doch von Zeit zu Zeit im Geist, indem er verzweiflungsvoll den Kopf schüttelte. Dann – eines Tages, in der Garderobe, sagte er: »Ihre Urgroßmutter...«
»Bitte! Kein Wort...!« Und er gab wieder Frieden.
Schon dachte ich fast, er sei von der Sache abgekommen; eines Tages sah ich ihn sogar drei neuen Klubmitgliedern gegenüber von seiner Korpulenz sprechen, als ob er wieder auf der Jagd nach neuen Rezepten wäre. Da – ganz unerwartet – kam seine Depesche.
»Mr. Formalyn!« kreischte dicht unter meiner Nase ein kleiner Laufjunge. Ich nahm das Telegramm und öffnete es sofort.
»Um Himmels willen, kommen Sie! – Peycraft.«
»Hm!« sagte ich. Ehrlich gestanden – ich freute mich so über die Ehrenrettung, die dies für das Renommee meiner Urgroßmutter verhieß, daß ich mir ein ganz besonders gutes Frühstück leistete an diesem Tag.
Vom Portier erfuhr ich Peycrafts Adresse. Er bewohnte den Überstock eines Hauses in Bloomsbury, und sobald ich meinen Kaffee und Likör zu mir genommen hatte, begab ich mich dorthin. Nicht einmal meine Zigarre rauchte ich zu Ende.
»Mr. Peycraft?« fragte ich an der Haustür.
Er sei krank – hieß es; schon seit zwei Tagen sei er nicht ausgegangen.
»Ich werde erwartet«, sagte ich. Darauf wurde ich nach oben gewiesen. An der Glastür klingelte ich.
»Na ja, er hätt' es eben nicht unternehmen sollen!« dachte ich. »Ein Mensch, der frißt wie ein Schwein, der darf auch aussehen wie ein Schwein!«
Eine ungeheuer würdevolle Dame mit sorgenvollem Gesicht und schiefsitzender Haube erschien hinter der Glastür und begutachtete mich.
Ich nannte meinen Namen, und sie öffnete – nicht ohne Mißtrauen.
»Nun?« sagte ich, als wir endlich nebeneinander auf Peycrafts

Korridor standanden.
»Er hat gesagt, wenn Sie kämen, möchten Sie hineinkommen«, erwiderte sie. Dabei starrte sie mich an, machte jedoch keinerlei Anstalten, mich irgendwohin zu führen. Nach einer Weile fügte sie vertraulich hinzu: »Er hat sich eingeschlossen.«
»Eingeschlossen?«
»Eingeschlossen – gestern morgen – – und hat seither niemand zu sich gelassen. Und fluchen tut er dabei manchmal! O Gott!«
Ich blickte nach der Tür, die ihre Augen zu bezeichnen schienen. »Da drin?« fragte ich.
»Ja.«
»Was ist denn los?«
Sie schüttelte kummervoll den Kopf. »Er schreit bloß in einem fort nach Essen. Möglichst schwere Sachen will er. Ich tu ja, was ich kann. Schweinebraten hab' ich ihm gebracht und Pudding und Wurst und frisches Brot. All so was. Alles vor die Tür gestellt – bitte –! Ich selber muß immer weggehen. Essen tut er... ganz fürchterlich!«
Ein fistelhaftes Kreischen kam durch die Tür: »Formalyn?«
»Peycraft?« rief ich. Ich lief an die Tür und klopfte.
»Schicken Sie sie weg.« Das tat ich denn.
Darauf vernahm ich ein sonderbares Tappen an der Tür, fast als ob jemand im Dunkeln nach der Klinke tastete, und dazwischen Peycrafts wohlbekanntes Gebrummel.
»Stimmt schon!« sagte ich. »Sie ist fort.«
Trotzdem dauerte es noch lange, bis die Tür aufging.
Endlich drehte sich der Schlüssel um, und Peycrafts Stimme sagte: »Kommen Sie!«
Ich drückte die Klinke nieder und öffnete die Tür. Selbstverständlich erwartete ich, Peycraft vor mir zu sehen.
Und – na ja! – er war nicht da!
Mein Lebtag bin ich nicht so bestürzt gewesen! Sein Wohnzimmer, ja, das lag da vor mir, in einem Zustand *greulicher* Unordnung, zwischen Büchern und Papieren, Tellern und Schüsseln – ein paar Stühle umgeworfen. – – Aber Peycraft...?

»Schon recht, alter Freund! Machen Sie die Tür zu!« sagte er. Und jetzt endlich entdeckte ich ihn.

Da droben hing er – in der Ecke, am Türsims, als hätte ihn jemand an die Zimmerdecke festgenagelt. Angstvoll und empört sah er aus. Und schnaufte und gestikulierte. »Machen Sie die Tür zu!« wiederholte er. »Wenn das Frauenzimmer erst dahinter kommt...«

Ich schloß die Tür, trat ins Zimmer und starrte zu ihm hinauf.

»Wenn die Geschichte da droben bricht, und Sie herunterfallen, Peycraft«, sagte ich, »so brechen Sie so sicher wie was den Hals.«

»Ich wollt', ich könnt's!« wimmerte er.

»Ein Mann in Ihrem Alter und von Ihrem Gewicht... Und solche kindische Geschichten machen...!«

»So seien Sie doch still!« sagte er mit verzweiflungsvoller Miene. »Ich werd's Ihnen schon sagen...« Und dabei gestikulierte er wie wild.

»Wie zum Kuckuck halten Sie sich denn da oben fest?«

Und dann – plötzlich – wurde es mir klar, daß er sich gar nicht festhielt, sondern daß er da oben einfach schwebte – wie ein gasgefüllter Ballon unter der Decke hätte schweben können. Er machte einen verzweifelten Versuch loszukommen und an der Wand zu mir herunterzuklettern.

»Das Rezept!« schnaufte er. »Ihre Urgroß...«

Während er sprach, packte er unvorsichtigerweise einen eingerahmten Stahlstich. Der gab nach, und Peycraft flog wieder zur Decke empor, während das Bild herunterstürzte. Bumms! Da hing er wieder an der Decke. Und jetzt wußte ich auch, warum er an allen hervorstehenden Teilen seines Körpers so weiß war.

Wieder machte er einen Versuch – diesmal vorsichtiger – am Kamin herunterzuklettern.

Es war wirklich ein ganz merkwürdiger Anblick – dieser große, dicke, schlagflüssig aussehende Mann, der, den Kopf voran, von der Decke auf den Fußboden zu gelangen strebte.

»Ihr Rezept!« sagte er. »Hat zu gut gewirkt.«
»Wieso?«
»Abnahme des Gewichts – – – fast vollständig!«
Jetzt natürlich begriff ich.
»Herr des Himmels, Peycraft!« sagte ich. »Sie hatten eine Kur gegen Korpulenz vor! Aber Sie haben immer vom Gewicht gesprochen. Immer haben Sie vom Gewicht gesprochen –«
Ich weiß nicht warum – aber ich freute mich ganz diebisch. Fast mochte ich Peycraft gern – damals. »Kommen Sie – ich will Ihnen helfen!« sagte ich, indem ich seine Hand ergriff und ihn herunterzog. Er strampelte mit den Beinen und versuchte, irgendwo einen Halt zu finden... Es war genau, als ob man an einem windigen Tag eine Fahne hielte...
»Der Tisch dort«, sagte er, »ist massiv Mahagoni und sehr schwer. Wenn Sie mich unter den hinunterziehen könnten...«
Das tat ich; und da schaukelte er nun herum wie ein gefesselter Ballon, während ich vor seinem Kamin stand und mit ihm sprach.
Erst steckte ich mir eine Zigarre an. »Jetzt erzählen Sie mal«, sagte ich dann, »was eigentlich geschehen ist.«
»Ich habe es genommen«, begann er.
»Wie schmeckte es?«
»Oh, scheußlich!«
Ich glaube, das tun sie alle. Ob man die einzelnen Zutaten betrachtet oder die etwaige Mischung oder die möglichen Resultate – – fast alle Mittel meiner Urgroßmutter kommen mir, milde gesagt, merkwürdig und wenig einladend vor. Was mich betrifft – – –
»Erst nahm ich bloß einen kleinen Schluck.«
»Ja?«
»Und als mir nach einer Stunde leichter und besser zumute war, entschloß ich mich, das ganze Gesöff zu nehmen.«
»Aber, lieber Peycraft!«
»Ich hab' mir die Nase zugehalten,« erklärte er. »Und dann

wurde ich nach und nach immer leichter und leichter – und hilflos, wissen Sie – –« Und in einem plötzlichen leidenschaftlichen Ausbruch rief er: »Was um Gottes willen soll ich machen?«

»Eins jedenfalls ist ziemlich klar«, sagte ich, »was Sie nicht machen dürfen. Wenn Sie sich zum Haus hinaus wagen, so gehen Sie einfach hoch. Immer höher und höher.« Und ich fuchtelte mit dem Arm nach der Decke. »Man müßte Santos Dumont *) hinter Ihnen dreinschicken, um Sie wieder herunterzuholen.«

»Aber es wird doch mit der Zeit wieder vergehen?«

Ich schüttelte den Kopf. »Ich glaube, darauf dürfen Sie nicht rechnen«, sagte ich.

Daraufhin folgte ein weiterer heftiger Ausbruch seinerseits. Er stieß mit den Füßen nach sämtlichen Stühlen, die in der Nähe standen, und hämmerte mit den Fäusten auf den Boden. Kurz, er benahm sich ganz so, wie ich es von einem großen, dicken, undisziplinierten Kerl seiner Art unter widrigen Verhältnissen erwartet hätte – nämlich außerordentlich schlecht. Von mir und meiner Urgroßmutter sprach er in Ausdrücken, die jeglichen Zartgefühls spotteten ...

»Ich habe Sie nicht gebeten, das Zeug zu nehmen!« sagte ich.

Und in großmütiger Übergehung der Beleidigungen, die er auf mich häufte, setzte ich mich in seinen Lehnstuhl und fing an, ihm ganz ruhig und vernünftig und freundlich zuzureden. Ich machte ihn darauf aufmerksam, daß er sich sein Mißgeschick lediglich selber zuzuschreiben hätte, und daß fast eine Art poetischer Gerechtigkeit darin läge. Er hätte zu viel gegessen. Das bestritt er; und eine Weile erörterten wir diesen Punkt.

*) brasilianischer Luftfahrtpionier

Schließlich wurde er heftig und ausfallend, und ich ließ diese Seite der Lektion fallen. »Fernerhin«, sagte ich, »haben Sie die Sünde des Euphemismus begangen. Sie nannten es nicht Fett – was zwar unrühmlich, aber richtig wäre – sondern Gewicht. Sie – –«

Er unterbrach mich und gab zu, er sähe dies alles ja ein. Aber was er tun solle?

Ich deutete an, er müsse sich eben seinen neuen Verhältnissen anpassen. Und nun kamen wir endlich zu der einzig vernünftigen Seite der Geschichte. Ich deutete weiter an, es müßte gar nicht so schwer für ihn sein, zu lernen, mit den Händen an der Decke herumzulaufen...

»Aber ich kann nicht schlafen!« sagte er.

Das jedoch war weiter keine Schwierigkeit. Ich machte ihn darauf aufmerksam, daß es sehr gut möglich wäre, unter einer Sprungfedermatratze ein Bett zurecht zu machen, die unteren Teile mit Bändern zu befestigen, und Oberleintuch, Decke und Kissen an den Seiten festzuknöpfen. Er müsse eben seine Haushälterin ins Vertrauen ziehen.

Nach einigem Hin- und Hergerede erklärte er sich damit auch einverstanden. (Es war wirklich nachher eine wahre Freude zu sehen, wie selbstverständlich und praktisch die wackere Dame sich in all die merkwürdigen Umkrempelungen fand.) Eine Bibliotheksleiter konnte er sich anschaffen; seine Mahlzeiten konnten ihm oben auf seinem Bücherschrank serviert werden. Wir erfanden auch einen sehr genialen Plan, wie er jederzeit auf den Fußboden gelangen konnte – nämlich ganz einfach, indem er das Große Konversationslexikon – (10. Auflage) – überall auf die offenen Fächer verteilte. Er brauchte bloß zwei Bände zu packen und sich daran festzuhalten und da war er auch schon unten. Und unten am Paneel **) mußten

**) Paneel = Wandbekleidung

eiserne Griffe angebracht werden, an denen er sich halten konnte, wenn er sich in den tieferen Regionen bewegen wollte. Je weiter wir die Geschichte ausführten, desto lebhafter ward mein Interesse. Ich rief selber die Haushälterin herein, weihte sie in die Sachlage ein und brachte eigenhändig das hängende Bett an. Zwei volle Tage verbrachte ich ganz und gar in Peycrafts Wohnung. Ich habe überhaupt eine Schwäche für alles, was Handgeschick erfordert, und laufe ewig mit Hammer und Schraubenzieher herum. – Und so erfand ich alle möglichen genialen Hilfsmittel für ihn – zog einen Draht, damit er seine Klingeln erreichen konnte, stellte die elektrischen Lampen um – nach oben, statt nach unten – und so weiter. Die ganze Geschichte hatte für mich etwas ungeheuer Merkwürdiges und Interessantes, und geradezu eine Wonne war es, sich Peycraft so vorzustellen – wie er wie eine große, dicke Hummel an seiner Zimmerdecke herumkroch und an den Türvorsprüngen von einem Zimmer ins andere kletterte – und nie und nie und nie wieder in den Klub kam...

Und dann – na ja – dann überrumpelte mich meine eigene Erfindungsgabe... Ich saß ruhig am Kamin und ließ mir seinen Whisky munden, und er hockte in seiner Lieblingsecke hinter dem Kaminaufsatz und befestigte einen türkischen Teppich an der Decke, als mir ganz plötzlich ein Gedanke kam. »Herrgott, Peycraft!« rief ich. »Das alles ist ja doch ganz unnötig!«

Und noch ehe ich selber die Folgen meines Einfalls so recht übersehen konnte, platzte ich heraus: »Unterkleider aus Blei!«

Und das Unheil war geschehen!

Peycraft war fast zu Tränen gerührt. »Wieder auf seinen Füßen stehen!...« stieß er heraus...

Und noch ehe ich selber überblickte, wohin das führen mußte, hatte ich ihm mein Geheimnis schon ausgeliefert »Sie kaufen Bleiblech,« sagte ich, »und schneiden kleine Platten heraus. Die nähen Sie in Ihre Unterkleider ein – so viel wie nötig ist. In Ihre Stiefel legen Sie Bleisohlen, tragen eine Handtasche voll massiven Bleis mit sich herum – und die Geschichte ist gemacht! Statt daß Sie hier gefangen sind, können Sie wieder überall hingehen, Peycraft... können reisen...«

Noch ein glücklicherer Gedanke kam mir da: »Sie brauchen sich nie vor einem Schiffbruch zu ängstigen. Sie brauchen bloß ein paar von Ihren Kleidungsstücken abzuwerfen – oder alle – das nötige Gepäck in die Hand zu nehmen – – und Sie schweben hinauf in die Luft. – –«

In seiner Erregung ließ er den Hammer fallen – einen Zoll näher, und er hätte mich auf den Kopf getroffen. »Herrgott!« sagte er. »Ich werde wieder in den Klub kommen können!« Mir stand der Atem still. »Herrgott! Ja!« erwiderte ich stotternd. »Ja. Natürlich!«

Und er kam. Und er kommt. Da sitzt er, in diesem Augenblick, – hinter mir – und futtert! – Donnerwetter, ja! – futtert! Eine dritte Portion Butterkuchen! Und kein Mensch auf der ganzen Welt – außer mir und seiner Haushälterin – weiß, daß er tatsächlich nichts wiegt. Nichts! Daß er nichts ist als eine bloße widerliche Masse von Stoffanschwemmung, Wolkenbildung, die irgendwie in einem modernen Anzug steckt... niente – nefas – – der nichtsbedeutendste aller Menschen! Da sitzt er und wartet, bis ich fertig bin mit Schreiben. Und dann wird er mich abfangen... wenn er kann... wird sich auf mich zuwälzen...

Und wird mir wieder einmal von vorn an alles erzählen... was für ein Gefühl das ist – – und was für ein Gefühl es nicht ist... und wie er doch manchmal hofft, daß es ein bißchen vergeht. Und immer wieder – von Zeit zu Zeit – taucht es auf durch sein fettes, endloses Geschwätz: »Es bleibt doch unter uns, was? Wenn irgend jemand dahinter käme... ich schämte mich ja zu Tode!... Man stünde ja da wie ein Narr... was? An der Zimmerdecke herumkriechen... und all so was...« Na denn – – jetzt... los! Und Peycraft entwischen... trotz seiner wunderbar strategischen Position zwischen mir und der Tür...!

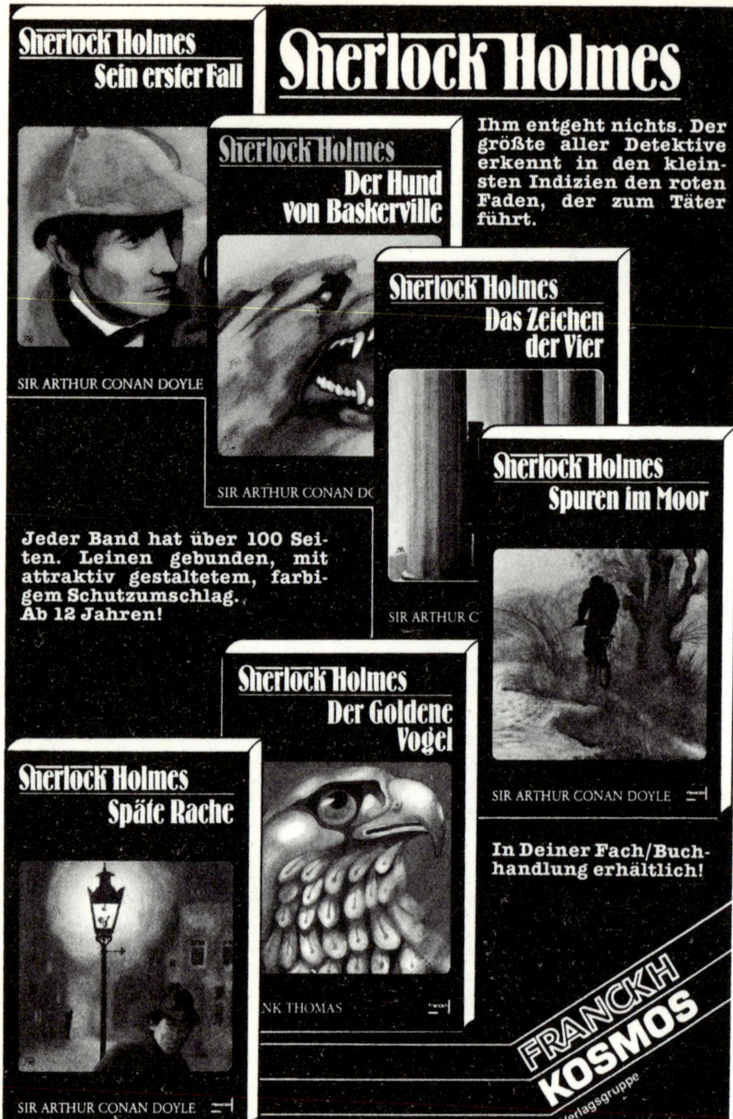
Sherlock Holmes
Sherlock Holmes
Sein erster Fall
SIR ARTHUR CONAN DOYLE
Ihm entgeht nichts. Der größte aller Detektive erkennt in den kleinsten Indizien den roten Faden, der zum Täter führt.
Sherlock Holmes
Der Hund von Baskerville
Sherlock Holmes
Das Zeichen der Vier
Sherlock Holmes
Spuren im Moor
SIR ARTHUR CONAN DOYLE
Jeder Band hat über 100 Seiten. Leinen gebunden, mit attraktiv gestaltetem, farbigem Schutzumschlag.
Ab 12 Jahren!
Sherlock Holmes
Der Goldene Vogel
Sherlock Holmes
Späte Rache
SIR ARTHUR CONAN DOYLE
In Deiner Fach/Buchhandlung erhältlich!
FRANCKH
KOSMOS
Verlagsgruppe